우리가 정말 알아야 할 우리 고전

호질 外

우리가 정말 알아야 할 우리 고전
호질 外

초판 1쇄 발행 | 2001년 11월 10일
초판 20쇄 발행 | 2020년 11월 10일

글 | 조면희
그림 | 이영원
펴낸이 | 조미현

펴낸곳 | (주)현암사
등록 | 1951년 12월 24일 · 제10-126호
주소 | 04029 서울 마포구 동교로12안길 35
전화번호 | 365-5051 · 팩스 | 313-2729
전자우편 | editor@hyeonamsa.com
홈페이지 | www.hyeonamsa.com

ⓒ 조면희 2001

• 지은이와 협의하여 인지를 생략합니다.
• 잘못된 책은 바꾸어 드립니다.

ISBN 978-89-323-1114-2 03810

우리가 정말 알아야 할 우리 고전

호질 外

글 — 조면희 그림 — 이영원

현암사

"천 년이 지났으나 예스럽지 않다(歷千劫而不古)"는 말이 있다. 천 년이라는 긴 세월을 거쳤으면서도 여전히 새롭다는 뜻이리라. 오랜 세월을 거치는 동안 수많은 평가를 새로이 받으며 그 때마다 명작으로 인정받아 온 작품을 우리는 고전이라고 한다. 시대를 뛰어넘는 영원성, 옛 것이면서도 언제나 '현재'에 살아 있다는 것이 고전의 참다운 가치이다.
　문학은 시대와 사회와 개인의 삶을 총체적으로 비추어 주는 거울이다. 특히 고전 문학 작품은 인생과 세계에 대한 선인들의 치열한 경험과 진지한 사색의 결과물이다. 그러므로 우리는 이것을 통하여 바람직한 삶을 사는 지혜와 힘을 얻거나, 인간의 크고 작은 꿈을 들여다볼 수 있게 된다. 고전은 우리 삶의 길잡이이며 자양분이다. 바로 이것이 우리가 어린 시절부터 고전이 지성과 감성을 연마하는 한 방법이라고 배워 온 까닭이다.
　우리 나라 고전 문학 작품은 대개 신문화가 본격적으로 들어오기 전인 갑오경장 이전의 작품을 말한다. 비록 세계의 고전 문학 작품에 비하여 양적으로 그다지 많지 않고 형상화된 세계가 다양하지는 않지만 우리의 옛 시대 정신과 선인들의 삶의 훌륭한 결정체이다. 특히 '이야기책'이라고도 불리던 우리 고전 소설 속에 투영된 삶과 죽음, 사랑과 이별, 이런 것들이 주는 고통과 기쁨, 슬픔과 환희 그리고 유한한 인간으로서의 한계와 인간 사회가 주는 제약을 뛰어넘으려는 꿈은 어느 날 불쑥 생겨났거나 문명화되고 세계화된 오늘날 비로소 생겨난 것이 아니다. 오늘날의 문명화와 세계화는 오랜 세월 동안 도도히 흘러내려 온 한민족이라는 강줄기에 더해진 자극과 변화의 결과일 따름이다.

우리 고전을 재미있게 읽을 수 있는 가장 중요한 조건은 무엇보다도 우리가 한민족이라는 강줄기를 이루는 작은 물방울들이라는 데 있다. 우리는 누구나 문화 전통을 이루는 데 기여하고 누리며 전승하는 주체로서, 조상에게서 이미 우리만의 정서가 흐르는 피를 물려받았다. 열녀 춘향, 효녀 심청, 개혁 청년 홍길동, 이상적인 남성 양소유, 이들은 우리의 정신과 정서가 만들어 낸 인물들이다.
　그런데도 고전 읽기가 즐겁지 않았던 데에는 정신에 앞서 표현의 문제가 크게 작용하였을 것으로 생각된다. 무엇보다 낯선 고사의 인용과 한문 어구의 빈번한 삽입, 익숙하지 않은 문어투와 내용 파악이 어려운 비문투성이의 긴 문장이 큰 원인이었다. 언어 문자는 정신과 문화의 소산이다. 언어는 시대의 변화에 따라 저절로 변하는 것이 그 본질이다. 그러나 우리의 언어 문자 변화에는 적지 않은 외적 요인이 작용하였다. 한글 창제 이전부터 보편적인 표기 수단이었던 한문자 사용의 오랜 전통과 습관, 신문화의 격랑과 함께 시작된 일제 36년 동안의 의도적인 우리말 말살 정책, 이에 더하여 해방 이후 오늘날까지 우리 사회를 온통 뒤덮은 영어 사용의 보편화 등등. 이로 말미암아 한글과 영어 시대를 사는 우리 젊은이에게 우리 고전은 무척 어렵고 낯설고 재미없는 것으로 인식되어 온 것이다.
　작품은 작가가 창작한 원작 그 자체로 읽히고 평가되어야 한다. 그러나 그러한 원칙을 위하여 고전 작품 자체가 잊혀지거나 도서관 깊숙이 사장되어서는 안 된다. 학문 연구의 대상으로 상아탑 속에 안주하는 것도 바람직한 일이 아니다. 여기에 '원작에 대한 반역'이라고까지 이야기하는 '손질'을 감행할 수밖에 없었던 이유가 있다. 한문으로 된 문장은 우리말 글로 풀어 쓰고, 고사는 해설을 삽입하여 주석이 없이도 누구나 쉽게 읽을 수 있도록 하였다. 비문이나 번역투의 매끄럽지 못한 문장은 우리말 맞춤법에 맞추어 고쳐 써서 읽기 편하게 가다듬었다. 그리하여 옛 것, 어려운 것으로만 느껴지는 우리 고전 소설을 청소년을 비롯한 일반인 누구나 가까이 두고 즐겁게 읽을 수 있도록 하였다.

    이 책이 우리 고전 소설 보급에 조금이나마 보탬이 되기를 바랄 따름이다.

2000년 10월

국문학자 김선아

특징과 유래

고려 시대에 유입된 주자학이 조선 중기에 퇴계 이황과 율곡 이이의 이론적 집대성을 거치며 점필재 김종직을 정점으로 하던 사장학파(詞章學派)의 학문적 물줄기가 성리학(性理學)이라는 내면적인 탐구로 바뀌게 되자, 학자들은 재빨리 성리학 연구에 몰입하였습니다. 이와 같이 학자들이나 집권 세력이 국민 생활과 거리가 먼 학문적 이론에 지나치게 기울어 있을 때, 사회 현실을 바로 보고 민중을 더 잘 사는 방향으로 발전시켜야 한다고 주장한 일부 학자가 있었습니다. 이들의 주장을 실학 사상이라 합니다. 그 중에는 실용 문물에서 우리보다 앞서 있던 청나라를 배워야 한다는 주장도 있었습니다. 그 주장을 북학론이라 하고 북학론의 학자들을 북학파(北學派)라고 합니다. 연암 박지원은 이 실학과 북학파의 선구자입니다. 그 분은 20세 이전에 이미 아홉 편의 한문 단편 소설을 써서 사회 풍자와 실학 사상을 계몽하기 시작했습니다.

소설의 창작 동기

연암은 한문 단편 소설의 집필 동기를 머리말인 「방경각외전(放瓊閣外傳)」에 이렇게 기술했습니다.

"미치광이 행세를 하는 세 사람이 서로 벗이 되어 떠돌아다니며, 남의 비위만 맞추려고 하는 세상 인심을 풍자하기 위하여 「마장전」을 썼고, 먹고살기 힘들어서 굶주림을 면치 못하던 선비가 한번 높은 자리에 올라가면 탐욕스러운 생활에 빠져 버리는 와중에도 엄씨 성을 가진 사람이, 사람들이 더럽다고 피하는 똥을 치면서도 깨끗하게 사는 것을 기리기 위해 「예덕선생전」을 썼다. 「민옹전」은 늘 뜬구름 같은 명예를 잡으려고 하나 뜻대로 되지 않자 벽에다가 자신의 처지와 비슷한 옛사람들의 이름을 써서 비분 강개하였던 민옹, 그와 같이 이상만 크고 실천하는 데 게으른 자를 풍자하기 위하여 썼다. 또 선비는 어떠한 어려운 처지에서도 지조를 지켜야 하는데 오히려 자신이 처해 있는 지위나 문벌을 팔아먹는 것이 시장의 장사꾼이나 다를 바 없음을 보고 「양반전」을 썼고, 물욕과 세상 명예를 벗어난 세계에서 초연히 사는 것을 부러워하여 「김신선전」을 썼다. 궁한 처지에 있는 거지도 한번 명예를 얻으니 그 명예가 실제보다 부풀려져 세상이 떠들썩하게 됨을 보고 「광문자전」을 썼으며, 우상이라는 사람이 비록 신분은 낮지만 문장에 힘써서 일찍 죽었음에도 불구하고 그 이름이 일본에까지 널리 퍼져 오래도록 전하리라고 생각하여 「우상전」을 썼다. 그리고 기울어져 가는 세상에서 허례 허식에나 신경 쓰고 문장을 잘 한다는 이유로 세상을 어지럽히며 기회를 엿보아 출세나 꿈꾸는 자를 풍자하려고 「역학대도전」을 썼다. 가난한 생활 속에서도 부모에게 효도하고 아내와 서로 존경하며 열심히 농사 짓고 가정 생활을 잘 하는 사람은 비록 글을 모르더라도 진실한 학자라는 뜻으로 「봉산학자전」을 썼다."

이상과 같이 작가는 술회하였지만 「역학대도전」과 「봉산학자전」은 현재 유실되었는데, 연암 자신이 찢어 버렸다고 합니다. 나머지 작품들도 세상에 전해지는 것이 부끄러우니 없애 버리라고 하였다고 합니다.

「허생전」과 「호질」 등은 『열하일기』에 들어 있는 것으로 연암이 여행 도중에 들은 것을 적어 놓은 것이라고 합니다. 원숙한 시기의 작품이므로 비판과 풍자가 구체적이고 확실합니다. 명예와 체면을 중시하는 선비가 밤중에 몰래 과부 집에 들어갔다가 그의 아들에게 쫓기어 도망가는 도중 똥통에 빠져 귀신 같은 몰골로 호랑이를 만나 꾸지람을 듣는 「호질」, 부잣집 돈을 빌려 명석한 두뇌로 돈을 벌고 마침내 무인도에 가서 이상향을 만들었으나 만족하지 못하고 다시 가난한 선비로 돌아온다는 「허생전」은 주장하는 바가 뚜렷하지요.

연암의 아들이 말하는 연암 한문 단편 소설의 유래와 경과

"나는 일찍이 외삼촌 지계공(芝溪公)에게 들었는데, 아버님께서 당시에 유학자를 자처하는 사람이 자신의 권세를 믿고 함부로 횡포 부리는 것을 보고 「역학대도전」을 써서 그를 비판했다. 이는 저 당나라의 소순(蘇洵, 소동파의 아버지)이 변간론(辨姦論)을 지어 중국 춘추전국 시대에 수조(豎刁) 같은 간신 무리들이 제(齊)나라를 망친 것을 예로 들어 상황을 풍자한 것과 같은 의미였다. 그런데 뒤에 그 못된 유학자가 「역학대도전」 이야기와 똑같이 되자 아버님은 그 작품을 불살라 버렸다. 그의 앞날을 예언했다는 말을 듣기 싫어서 그랬다는 것이다. 「봉산학자전」은 「역학대도전」과 같은 권에 수록되어 있었기 때문에 동시에 유실되었다고 했다.

그런데 이상 아홉 편의 작품은 아버님 약관(弱冠, 20세) 이전의 것이었는데 우리 집에는 소장한 원본이 없었고 다른 사람이 소장한 것을 찾아온 것이다. 아버님께서 일찍이 그 작품들을 버리라면서 말씀하시기를, '이것들은 내가 어릴 때 연습 삼아 글자를 모아 본 것이다. 오늘에 와서 간혹 이 글을 가지고 칭찬하는 사람이 있는데 나는 그 때마다 매우 부끄럽다.'고 하셨다. 그리하여 불초한 우리 자식들은 아버님 말씀대로 없애 버리려고 하나 사람들이 이미 이 작품들을 인쇄하여 책으로 만들어 버렸으니 어쩔 도리가 없다.

그리하여 이 문제에 대하여 외삼촌 지계공께 여쭈어 보았더니 그 어른 말씀이, '선공께서 남겨 놓은 작품이 매우 많고 모두 모범이 될 만하다. 이 작품들은 사실 선공께서 문장을 만드는 사이에 그냥 심심풀이로 쓴 것이다. 그까짓 것쯤이야 있든 없든 선공의 명예에 크게 상관할 바가 못 된다. 게다가 그 작품들은 젊었을 때 지은 것이 아니냐? 옛날 문장가로 알려진 사람들도 이와 같이 놀이 삼아 쓴 작품들이 있다. 꼭 없애 버릴 필요는 없겠다. 그런데 그 중 「양반전」하나만은 쓰여진 말들이 야비하고 속된 것이 많다. 이것이 좀 흠이라고 하겠다. 하지만 이는 저 한나라의 대학자 왕포(王褒)가 종의 문건을 매매한 이야기를 쓴 「동약(僮約)」을 지은 것과 같은 경우다. 그러니 좀 생각해 보지 않을 수 없겠다.'고 하셨다.

불초한 우리들은 함부로 이 작품들을 버릴 수도 없고 하여 출판 경위를 이렇게 부록의 끝에 붙여 놓기로 하였다

아들 종간은 삼가 씀."

연암에 대하여

성명은 박지원(朴趾源, 1737~1805년)이고 본관은 반남(潘南)이며 자는 중

미(仲美)이고 호는 연암(燕巖)입니다. 어려서 아버지를 여의고 돈령부지사(敦寧府知事)를 지낸 조부 슬하에서 자라다가 16세에 결혼하여 처삼촌인 이군문(李君文)에게 수학하였는데 이 때 한문 단편 소설들을 지었습니다.

　30세부터 실학자인 홍대용(洪大容) 등과 사귀고, 서양 신학문을 접하게 되었습니다. 1777년(정조 1년, 41세 때) 권신 홍국영(洪國榮) 등에 의해 당파의 하나인 벽파(僻派)로 몰려 신변의 위협을 느끼자, 황해도 금천(金川)의 연암협(燕巖峽)으로 이사하여 독서에 전념하였습니다. 그 후 1780년(정조 4년, 44세 때) 친족형 박명원(朴明源)이 진하사 겸 사은사(進賀使兼謝恩使)로 청나라에 사신으로 갈 때 따라갔는데 요동(遼東)과 열하(熱河), 북경(北京) 등지를 지나는 동안 특히 서민 생활의 이용 후생(利用厚生)에 도움이 되는 청나라의 기술 문물을 눈여겨 보고 귀국하여, 대작 『열하일기(熱河日記)』를 썼습니다. 그는 이 기행문에서 청나라 문화를 상세히 소개하고 당시 우리 나라의 정치·경제·사회·문화 각 방면을 비판하고 개혁을 논하였습니다.

　1786년(정조 10년, 50세 때) 음보(蔭補, 저상의 은혜에 의한 벼슬길)로 선공감감역(繕工監監役)이 되고, 1789년 사복시주부(司僕寺主簿)가 되었으며, 이듬해 의금부도사(義禁府都事)와 제릉령(齊陵令)이 되고, 1791년(정조 15년, 55세 때) 한성부판관을 거쳐 안의현감(安義縣監)을 역임한 뒤 사퇴했다가, 1797년 다시 면천군수(沔川郡守)가 되었습니다. 이듬해 왕명을 받아 농서(農書) 두 권을 지어 바치고, 1800년(순조 1년, 64세 때) 양양부사(襄陽府使)로 승진하였으나 그 다음해 벼슬에서 물러났습니다.

당시 홍대용, 박제가 등과 함께 청나라 문물을 배워야 한다는 이른바 북학파의 영수로 이용 후생의 실학을 강조하였으며, 소위 후기 한학 4대가라 불리는 이덕무(李德懋), 박제가(朴齊家), 유득공(柳得恭), 이서구(李書九) 등의 제자를 배출하였습니다.

죽은 뒤에 정경대부(正卿大夫)에 추종되었으며, 저서로 『연암집(燕巖集)』, 『과농소초(課農小抄)』, 『한민명전의(限民名田義)』 등이 있습니다.

「요로원 야화기」의 이본(異本)

이본은 모두 다섯 가지가 있습니다. 그 중 한글본으로는 「요로원 야화기」가 있는데 이는 가람 이병기 선생이 소장한 한글 필사본이라 일반적으로 '가람본'이라고 합니다. 그 외에는 모두 한문본입니다. 국립 중앙 도서관에 낱장이 몇 군데 떨어져 나간 채 소장되어 있는 「요로원기(要路院記)」는 일반적으로 '국도본'이라고 합니다. 세 번째로 일본 천리대(天理大)의 중앙 도서관에 소장되어 있는 「비평신증요로원기(批評新增要路院記)」가 있는데, 이는 '천리대본'이라고 합니다. 네 번째는 두루마리 한지에 반초서로 필사한 「요로원 야화」인데, 이것은 '두루마리 본'이라고 합니다. 마지막으로 『동야휘집(東野彙輯)』이라는 책에 「요로원이객문답(要路院二客問答)」이라는 제목으로 필사되어 전하는 것이 있습니다.

작가는 박두세(朴斗世) 혹은 박두서(朴斗瑞)로 되어 있으며, 작품의 배경 연대는 숙종 무오년간이라고도 하고 영조 14년이라는 기록도 있습니다.

필자는 이 이본들 중에서 천리대 소장본인 「비평신증요로원기」를 번역했습니다. 이 판본은 다른 이본에 비하여 내용이 좀더 자세하고 오자나 탈자가 적어 가장 완벽하게 보존되어 있다고 생각하기 때문입니다. 저는 이 글에서 특히 한시 창작에서만 느낄 수 있는 기교와 재치, 뉘앙스를 그대로 살리기 위하여 글자 하나하나에까지 신경을 써서 풀이하려고 노력했을 뿐 아니라 작가가 의도하는 내용을 그대로 전달하여 독자들로 하여금 숲과 나무 모두 제대로 볼 수 있도록 하는 데 최선의 노력을 기울였습니다.
　이 작품의 내용을 살펴보면, 과거를 보러 서울로 갔던 시골 선비가 과거에 낙방한 채 초라한 행색으로 돌아오다가, 당시 아산 근처에 있던 여관집인 요로원에 묵으려고 하였는데 방이 가득 차서 잘 수 없었습니다. 그리하여 서울 양반인 듯한 사람의 방에 가서 함께 하룻밤을 묵자고 사정하였습니다. 양반은 심심한데 말벗이나 한다는 심정으로 그를 받아들입니다. 그리고 그를 마치 아랫것 대하듯 함부로 다루며 세상 돌아가는 이야기를 나누다가 서로 글을 짓게 됩니다. 양반은 처음에는 한글로 된 육두 문자로 글을 짓다가 차츰 시골 선비의 비상한 면모를 보며 한문시를 짓습니다. 그러다가 마침내 시골 선비의 글 재주가 자신보다 낫다는 것을 알고 자신의 잘못을 후회하며 시골 선비를 존대하게 됩니다. 이렇게 밤새도록 자신의 시재(詩才)를 자랑하고 한시에 있는 시적인 기교(技巧)를 마음껏 발휘합니다. 그러면서 세상을 풍자하기도 합니다. 다음날 날이 밝자 두 사람은 이름도 밝히지 않은 채 서로 헤어집니다.
　이러는 과정에 소설 구성의 발단이 있고, 전개가 있고, 반전과 클라이맥스가 있고, 결말이 있습니다. 그래서 나는 이 작품을 소설 장르에 넣어야 옳다고 보았습니다.

  작품 맨 뒷부분에 두 주인공이 지었다는 「요로원기 하(下)」라는 제목의 한시 수십 수가 대구법(對句法)과 대련(對聯)으로 나열되어 있는데 이것은 이 글을 지은 학자가 앞부분에 재미있는 이야기를 써 놓고, 뒤에 한시를 배우는 사람의 교본으로 쓰기 위해 남겨 둔 것이라고 보면 좋을 것입니다.

  옛사람들은 한시의 다양한 기교를 구사하여 서로의 재주를 자랑한 경우가 많았습니다. 그렇게 시로 다투는 일을 장군이 적군과 맞선 것에 비유하고 여기서 꿀리면 항복하는 깃발을 내렸다고 표현한 옛사람의 시도 있습니다. 한시는 특히 조선 오백 년 간 크게 발전하여 중국 사신들이 와서 한시로 대화를 한 뒤에 돌아가서 우리 한시를 찬양한 경우도 많았습니다. 이렇게 볼 때 「요로원 야화기」는 소설이나 수필 작품의 성격을 떠나서 시작(詩作)의 교본(敎本)이기도 합니다. 시는 옛사람들의 가치 척도 기준이 되었으니까요. 「춘향전」에서도 주인공 이몽룡이 변사또의 생일 잔치에 갔을 때 잔칫자리에 참석하였던 모든 사람들이 그를 무시하다가 시를 지을 수 있다고 하니까 대우를 달리 하지 않았습니까? 이와 같이 옛날 학자들의 시작(詩作)은 학자로서 대우받을 수 있는 첫째 조건이기도 하였습니다. 이러한 점을 참작하여 볼 때 이 「요로원 야화기」는 한시학자들의 애독서였던 듯합니다.

2001년 11월
옮긴이 조면희

글 읽는 순서

우리 고전 읽기의 즐거움 · 사
연암 소설과 요로원 야화기 · 칠

마장전(馬駔傳) / 박지원 · 십칠
예덕선생전(穢德先生傳) / 박지원 · 이십삼
광문자전(廣文者傳) / 박지원 · 이십팔
민옹전(閔翁傳) / 박지원 · 삼십이
양반전(兩班傳) / 박지원 · 사십이
김신선전(金神仙傳) / 박지원 · 사십칠
우상전(虞裳傳) / 박지원 · 오십사
호질(虎叱) / 박지원 · 육십칠
허생전(許生傳) / 박지원 · 칠십팔
요로원 야화기(要路院夜話記) / 박두세 · 구십일

마장전(馬駔傳) · 박지원

　소나 말 같은 짐승을 매매인의 중간에서 흥정 붙이는 중개인을 '거간꾼'이라고 한다. 이 사람이 손바닥을 치며 손가락으로 어떤 암호를 표시하면, 마치 옛날 중국 춘추전국 시대 정치가 관중(管仲)이 진(晉)나라를 패국(霸國)으로 만들 제후들에게 자신의 주장을 믿게 하는 것 같고 또 6국 패왕들을 웃기고 울린 유세객(遊說客) 소진(蘇秦)이 닭과 개, 말의 피를 뽑아 마시며 약속을 지키게 하여 모든 제후들에게 그 맹세를 믿도록 만든 것처럼, 사람들은 그의 말을 믿게 한다.

　이는 이별을 할 듯한 기미만 있어도 손가락에 낀 반지를 뽑아 던져 버린다든가 수건을 찢는다든가 하면서 서러운 마음을 내보이기도 하고, 또는 벽을 향해 돌아 앉아서 머리를 떨구고 흐느껴 자신의 진정을 믿도록 하는 첩의 행동과도 같다. 또 자신의 간과 쓸개까지 내보이겠다는 표정으로 손을 잡고 맹세를 거듭하여 자신이 믿을 만한 사람임을 보이려는 친구의 그것과도 같다.

　그러나 이는 거간꾼들이 콧마루를 경계로 부채를 세워서, 한 쪽 눈으로는 이쪽 사람에게 신호를 보내고 또 다른 쪽 눈으로는 저쪽 사람에게 또 다른 신호를 보내면서 자신의 생각을 믿게 하려는 술책에 불과하다. 곧 달콤한 말과 협박을 섞어 가며 자신의 말이 진정임을 강조하는 것이다. 강한 자를 포섭하여 약한 자를 제압하며, 합쳐진 세력은 이간질하여 흩어 버리고, 자신과 생각이 다른 자를 끌어들이는 것은 관중 같은 패권주의자(霸權主義者)나 소진 같은 유세객이 벌이는 권모술수다.

　옛날에 병을 앓는 사람이 의원에게 약을 지어 와서 본처인 아내에게 그 약을 달이라고 하였더니, 달여 온 약의 양이 늘 일정하지 않았다. 그는 본처를 성의가 부족하다고 나무란 뒤에 첩에게 약을

당시 양반 사회의 교제를, 진실성이 없으면서 어떻게든지 입에 발린 말과 표정으로 사람들을 믿게 하려는 말 거간꾼들의 중개 방법에 비유하여 풍자한 소설.

달이라고 하였다. 그랬더니 첩이 달여 온 약은 늘 그 양이 같았다. 그는 매우 고맙게 생각하며 첩이 약을 어떻게 달이는지 눈여겨 보았다. 첩은 약을 달인 뒤에 약의 양을 살펴보고 많을 때에는 그 많은 양만큼 쏟아 버리고 모자라면 물을 더 보태는 것이었다.

 이것으로 보아 귀에 대고 나직나직하게 속삭이는 말은 믿을 수 없는 거짓말이고, 새어 나가지 못하게 당부하는 말은 깊이 사귀는 사람끼리의 교제가 아니다. 그리고 우정이 깊으니 얕으니 하고 떠드는 것은 믿을 수가 있는 친구끼리 할 말이 아니다.

 송욱과 조탑타 그리고 장덕홍, 이 세 사람의 거지가 서울의 광통교(廣通橋) 위에서 세상 사람들의 교제에 대한 토론을 하였다.

 조탑타가 말하였다.

 "어느 날 아침 쪽박을 두들기며 밥을 빌러 서울 거리로 들어가서 옷감을 파는 포전(布廛)에 들어갔더니, 어떤 손님이 가게에 들어와서 옷감을 골라 들고 혓바닥으로 핥아 보기도 하고 하늘을 향해 비춰 보기도 하더니, 주인과 손님이 서로 먼저 값을 불러 보라고 미루지 뭔가. 그런데 조금 뒤에 두 사람은 옷감은 팽개쳐 주고, 가게 주인은 갑자기 먼 산을 바라보며 아침 해에 비친 황홀한 모양의 구름을 향해 흥얼흥얼 노래를 부르고, 손님은 뒷짐을 지고 왔다갔다 거닐면서 벽에 걸린 그림을 보느라고 정신이 없지 않겠나?"

 "그게 바로 요즘 사람들이 교제하는 모습일세. 요즘 사람들은 교제하는 도리를 통 모른다니까."

 송욱이 뽐내면서 이렇게 대답하였다. 곁에 있던 장덕홍이 말을 거들었다.

 "꼭두각시가 휘장을 내리는 것은 뒤에서 줄을 잡아당기기 때문일세."

 "그게 요즘 사람들의 교제하는 실체라니까. 교제하는 도리는 그것이 아니라고."

송욱이 또 단호히 대답하였다. 그리고 말을 이었다.

"훌륭한 사람은 교제하는 도리가 세 가지 있고, 그 교제에 대처하는 방법이 다섯 가지 있다네. 사실 나는 그 중에 한 가지도 제대로 하지 못하였기 때문에 서른 살이 되도록 친구 하나도 사귀지 못하였지만 말이야. 그러나 그 도리만은 내 일찍이 들어서 잘 안다네. 그것은 팔이 안으로 굽기 때문에 술잔을 잡고 마실 수 있는 것과 같은 거야."

장덕홍이 말하였다.

"옛날 경서에 씌어 있지 않은가? '학 한 마리가 깊숙한 곳에서 울면 멀리 있던 새끼가 그 소리에 화답한다.'고. 그리고 '내가 좋은 벼슬 자리에 앉으면 나와 너는 서로 얽혀서 산다.'고 말이야. 바로 이것을 두고 교제하는 도리라고 하는 모양이야."

송욱이 기쁜 표정으로 말하였다.

"자네야말로 벗과 교제하는 도리에 대하여 말할 자격이 있는 사람이야. 내가 조금 전에 진실한 교제에 한 단면을 말하였더니, 자네는 거기에서 두 가지 단면을 이해하였단 말이야. 세상 사람들이 따라가려고 하는 것은 형세이고, 계획하려는 것은 명분과 이익이야. 술잔이 입술과 약속하지는 않았지만 팔이 안으로 굽어서 입으로 가게 하는 것은 서로가 따라가려는 형세이고, 새끼가 어미학의 울음에 화답하는 것은 형식적인 명분에서가 아닐세. 그리고 좋은 벼슬을 가지는 것은 이익이 되기는 하지만 그것을 따르는 자가 많으면 그 형세는 분할되고, 그것을 계획하는 자가 많으면 명분과 이익에서 좋은 결과가 없다네. 그리하여 세상 사람들은 형세와 명분과 이익, 이 세 가지 교제 도리에 대하여 숨기고 말하지 않는 것이라네. 그래서 나는 일부러 은유법을 써서 말하였는데, 자네는 그것을 이미 깨달았네그려.

세상 사람들과 사귀는 데 그 사람이 착한 일을 하는 과정에 대해서는 칭찬하지 않고 결과에 대해서만 칭찬한다면, 그 사람이 일을 하는 데 쏟은 성의가 나타나지 않게 되는 것일세. 또 그 사람의 모자라는 점을 미연에 깨우쳐 주지 않고 실행 과정에서 깨우쳐 주면, 그를 무색하게 하여 교제가 끊어지고 말 것이네. 여러 사람이 모인 곳에서 어떤 사람을 제일이라고 추어 올리지 말게. 그 자리에서는 그보다 나은 사람이 없다는 말이 되므로 모인 사람들의 사기가 저상되는 것이네.

그러므로 교제를 하는 데도 처신하는 방법이 있다는 얘기지. 곧 어떤 사람을 칭찬하려거든 모자라는 점을 꾸짖을 것이고, 기쁜 마음을 보이려거든 성난 얼굴로 그 사실을 밝히게나. 그 사람과 친해지고 싶거든 뜻을 확고하게 가지고 관찰할 것이고, 몸가짐은 수줍은 듯이 하게. 또 그 사람이 나를 믿게 하려거든 의문점을 하나 만들어 놓고 그것이 풀릴 때까지 기다리게나.

열사라고 하는 이들은 비분 강개하기를 잘하고, 미인이라고 일컫는 자들은 눈물이 많다네. 그리하여 영웅이라고 일컫는 열사나, 눈물을 잘 흘리는 미인은 사람을 잘 감동시키지. 이 다섯 가지 술책은 출세한 사람들의 숨겨 놓은 비방이고, 세상을 살아가는 데 가장 훌륭한 도리라는 게야."

조탑타가 장덕홍에게 말하였다.

"송군의 말은 고리타분하고 난해해서 도대체 무슨 말인지 알 수가 없네."

장덕홍이 대답하였다.

"자네가 어찌 그것을 알겠는가? 잘한 것을 추어 주기 위하여 반대로 꾸짖는다면 그것은 더할 수 없는 칭찬이 되는 것일세. 대개 노여움은 사랑 속에서 나오고, 인정은 꾸중 속에서 싹트는 것일세. 그리하여 자기 집안 식구가 밉지 않지만 때때로 나무라는 것이야. 곧 이미 친해진 사람은 멀리해도 더욱 친해지고 이미 신용하는 사람은 의심을 해도 더욱 믿게 되는 것이야. 술이 거나하게 취한 깊은 밤에 사람들은 모두 잠들었지만 둘이서 말없이 서로 바라보며 눈으로 슬픈 생각을 주고받는다면, 이 역시 감동스러운 장면이 아닌가? 이것으로 볼 때 사람과의 교제는 서로 알아주는 것보다 나은 것이 없고, 기쁨을 주는 것은 서로 감동시키는 것보다 나은 것이 없지. 그런데 편협한 자의 노여움을 푼다든지 사나운 자의 원한을 풀어 주는 데는 눈물보다 더 빠른 것이 없다는 거야. 그래서 나는 사람들과 사귈 때 가끔 울고 싶기는 하지만 눈물이 나오지 않는단 말이야. 이런 이유로 31년 동안 온 나라를 돌아다녀 보았지만 아직까지 친구 하나 얻지 못하였네."

조탑타가 말하였다.

"충성스러운 마음으로 사람들과 교제하고, 의리로써 벗을 사귀었다면 가능하지 않았겠나?"

장덕홍이 조탑타의 얼굴에 침을 뱉으며 욕하였다.

"에이, 시원찮은 사람아. 그걸 말이라고 하는가? 자네, 내 말을 들어 보게나. 가난한 자는 공연히 바라는 것이 많기 때문에 의리만 가지면 무엇이고 이룰 수 있다고 생각하는 거야. 그러면서 그는 저 높고 높은 하늘을 바라보면서 곡식이 비처럼 쏟아지기를 기다리고, 사람들의 기침 소리만 들어도 공연히 목을 석 자나 빼고 누가 무엇을 가져다 주지나 않나 하고 기다리는 거야. 그런데 반대로 재물을 많이 가진 자는 인색하다는 소문을 부끄러워하지 않는다네. 이는 사람들이 자기에게 무엇을 바라는 것을 단념하도록 하기 위함일세. 결국 신분이 낮은 사람은 아낄 것이 없기 때문에 충성스러운 마음을 가지고 어떠한 어려움도 마다하지 않고 감내한다네. 이는 물을 건널 때 다 낡은 바짓가랑이를 걷어붙일 필요가 없기 때문에 육체적인 고통쯤은 달게 감내하는 것과 같은 거야. 그러나 귀한 자는 수레를 타고도 가죽신에 덧버선을 씌워 진흙이 묻을까 두려워한다네. 신발 바닥까지 아끼는데 자신의 몸이야 더 말할 나위가 있겠나? 그래서 충성이니 의리니 하는 것은 가난하고 천한 자나 지키는 일이지 부자와 귀한 신분의 사람에게는 논의의 대상도 못 된다네."

조탑타는 그 말을 듣자 서글픈 얼굴빛을 하고 말하였다.

"이봐, 나는 차라리 이 세상에 친구를 못 사귈지언정 그 따위 세상 사람들과의 교제는 하지 않겠네."

그리고 그들은 서로 쓰고 있던 갓을 부수고 옷을 찢은 뒤에, 얼굴에 흙을 바르고 머리를 풀어 흐트러뜨렸다. 그리고 새끼줄을 허리에 매고는 노래를 부르며 저잣거리로 나갔다.

—『연암집(燕巖集)』

예덕선생전(穢德先生傳) · 박지원

　선귤자(蟬橘子)의 벗 중에 예덕선생(穢德先生)이라는 사람이 있었다. 종본탑(宗本塔) 동쪽에 살았는데 마을 사람의 똥을 처리해 주는 것을 생업으로 삼아 사람들이 엄행수(嚴行首)라고 불렀다. 엄은 성씨이고 행수란 늙은 일꾼을 가리키는 말이었다.

　자목(子牧)이 선귤자에게 물었다.

　"지난날 제가 선생님께 벗에 대한 정의를 여쭈었더니, 선생님께서 말씀하시기를 '같이 살지 않는 아내이고, 한 핏줄이 아닌 형제 같다'고 하셨잖습니까? 벗은 이와 같이 중한 것이므로 세상의 이름난 귀족들이 선생님의 덕을 흠모하여 같이 노닐고 싶어하는 자가 많습니다. 그런데도 선생님께서는 그들을 다 뿌리치시고는 저 엄행수같이 천한 일을 하여 모두가 사귀기를 부끄럽게 여기는 사람을 칭찬하시고 교제라도 하시는 듯하니 제자인 저는 부끄러워서 문하에서 떠나려고 합니다."

　선귤자가 웃으며 말했다.

　"이보게, 내 자네에게 벗에 대해 이야기해 주지. 속담에 이런 말이 있지? '의원이 자기 병 못 고치고, 무당이 자기 굿 못 한다'고. 사람이란 누구나 자신만의 좋은 점이 있는데도 사람들이 몰라 주면 안타까운 법이야. 반대로 과실에 대한 충고를 듣고 싶은데 칭찬만 자꾸 하면 아첨이 되어 버리고 잘못만 들추어 내면 헐뜯는 것이 되어 사람의 도리가 아닐세. 그리하여 잘못한 점이 많아도 그 주변만 맴돌며 중심을 건드리지 않으면 아무리 크게 책망하더라도 성내지 않게 되는 것이니 이는 자신이 싫어하는 것이 건드리지 않았기 때문이야. 그러나 우연한 기회에 잘

> 서울에 사는 천민으로 남의 집 똥을 퍼다가 밭에 뿌리며 사는 지극히 천한 직업을 가진 사람이지만 먹고 살기 위하여 남을 해치는 부패한 귀족보다 훨씬 훌륭하다는 것을 예덕선생이라는 사람을 통하여 표현한 글.

한 점을 칭찬해 주면 마치 어떤 물건의 가려진 곳을 드러내 보인 것 같아 감동하여 가려운 곳을 긁어 주는 듯한 기분이 들 거야. 가려운 곳을 긁는 데도 도리가 있지. 등을 긁을 때는 겨드랑이까지 긁지 말아야 하고, 가슴을 쓰다듬다가 목까지 긁지 말아야 하지. 말이란 공허한 데서 이루어지는 것이지만 미덕은 자신에게로 돌아가는 거야."

그는 스스로 감동한 듯 말을 이었다.

"이러한 것을 알아야 벗이라고 할 수 있다는 말이야."

자목이 귀를 막고 달아나면서 말했다.

"이는 선생님께서 건달패나 종놈이 하는 일을 저에게 시키려고 하는 것뿐입니다."

선균자가 말했다.

"그렇다면 자네가 부끄럽다고 하는 것이 바로 여기 있다는 뜻이구먼. 보게나, 시장 거리에 사는 사람들의 교제는 이익을 앞세우게 되고, 얼굴만 보고 사귀는 것은 아첨이 수단이 되는 것일세. 그래서 아무리 좋은 친구라도 세 번만 물질적인 요구를 하게 되면 사이가 멀어지지 않는 이가 없고, 반대로 아무리 오래된 원수라도 세 번만 물질적인 이익을 주면 친해지지 않는 이가 드물 것일세. 그래서 이익이 앞서거나 아첨을 수단으로 하면 교제가 오래 지속될 수 없네. 그러므로 훌륭한 교제는 얼굴로 하는 것이 아니고, 훌륭한 벗은 직접적인 접촉으로 하는 것이 아니야. 오로지 마음으로 사귀고 덕(德)으로 벗하는 것이지. 이게 바로 도의(道義)로 하는 교제야. 그래서 위로 천년 전의 사람과 교제하여도 오랜 세월로 느껴지지 않고, 만리 먼 곳의 사람과 사귀어도 멀게 느껴지지 않는다네. 저 엄행수를 보게. 그는 나에게 자신을 알아주기를 요구하지도 않지만, 그를 아무리 칭찬하여도 나는 싫지 않다네. 그는 밥 먹는 데 엄숙하고, 행동하는 데 조심스러우며, 달게 잠자고, 웃음은 꾸밈이 없다네. 생활은 어리석은 듯하여 볏짚 지붕에 흙벽을 쌓고 구멍을 내어 출입을 하는데 집에 들어갈 때는 새우처럼 등을 구부려야 하고, 잠잘 때는 개처럼 입을 땅에 박고 잔다네. 아침이 되면 즐거운 마음으로 삼태기와 삽을 들고 마을로 들어가 남의 집 변소를 치는데, 9월이 되어 서리가 내리고 10월에 얼음이 얇게 얼면 사람의 똥은 물론 외양간의 말똥이나 소똥, 닭똥, 개똥, 거위똥, 돼지똥 등을 마치 구슬이나 보배처럼 거두어 가지만 사람들은 청결하지 못하다고 욕하지 않으며, 거기에서 나오는 이익을 독차지하지만 의리에 어긋난다고 나무라지 않는다네. 곧 많은 것을 탐내고 힘써 가져 가더라도 사람들은 염치없다고 말하지 않는단 말이야. 손바닥에 침을 뱉어 삽자루를 휘두를 때 보면 구부정한 허리가 마치 새가 먹이를 쪼는 듯한 모습이라네. 문장을 잘 하는 것도 그가 뜻하는 것이 아니고, 풍악을 울리고 잘 사는 일도 그로서는 생각해 볼 처지가 아니지. 하기야 부자가 되고 귀한 존재가 되는 것은 누구나 원하는 바지만 원한다고 해서 얻을 수 있는 것이 아닌 바에야 부러워할 것도 없는 게 당연하지. 그는 칭찬을 해줘도 영광스럽게 생각지 않을 것이고, 헐뜯어도 욕되게 생각지 않을 것이야. 저 왕십리의 배추, 살곶이다리(箭串橋)의 무, 석교(石橋)의 가지·오이·수박·호박 등과 연희궁의 고추·마늘·부추·파·염교(薤), 청파동의 미나리, 이태원(利泰仁)의 토란 등을 심는 밭들은 최상의 토지로 인정하는데 이들은 다 엄행수가 날라다 준 똥을 거름으로 땅이 비옥해져 해마다 6천 전(錢, 6백 냥)의 돈을 벌어들인다네. 그러나 엄행수는 아침이나 저녁이나 밥 한 그릇씩이면 만족해 한다네. 간혹 사람들이 고기라도 권하면 거절하기를 '음식이 목구멍만 지나가면 나물이든 고기든 배부르긴 마찬가진데 맛을 따질 것이 있소.' 하고, 또 좋은 옷을 입으라고 하면 역시 거절하며 말하기를, '소매가 넓은 옷은 몸에 맞지 않고, 새 옷을 입으면 더러운 물건을 질 수 없지요.' 한다네. 설날 아침이 되어야 비로소 갓과 띠와 옷과 신발을 갖추어 입고 이웃을 돌아다니며 세배를 한다네. 그리고 집으로 돌아와서는 다시 헌 옷을 입은 뒤 삽을 메고 마을로 돌아간다네. 이 엄행수 같은 자는 더러운 것이 생활 수단이지만 그것을 자기의 덕으로 만들며* 세상에 숨어 사는 자가 아닐까?

『논어』에 이르기를 '본래 부귀를 타고난 자는 부귀한 신분으로 행동하고 본래 가난하고 천하게 태어난 자는 가난하고 천한 신분으로 행하라'고 하였는데 본래라고 하는 것은 정해진 운명을 뜻하는 것이네. 또 『시경』에 이르기를 '이른 새벽이나 늦은 밤에 관가에서 일하니 타고난 운명이 다르기 때문'이라고 했는데 이 운명이라는 것이 바로 분수를 말하지. 하늘이 만백성을 만들어 낼 때 각각 정해 준 분수가 있는데 이것이 운명의 바탕이야. 누구를 원망하고 탓할 필요가 있겠나? 새우젓을 먹으며 그보다 좋은 달걀을 생각하고, 칡옷을 입으면 그보다 가볍고 시원한 모시옷을 생각하듯 자기 분수를 모르고 좋은 것을 부러워하다 보니 세상이 크게 어지러워지는 것이네. 백성이 땅을 버리고 농촌을 떠나면 밭이 황폐해지지. 저 진승·오광*·항적* 등도 다 농민이었으나 그 뜻이 어찌 자신의 처지인, 논 갈고 밭 매는 일에 만족할 수 있었겠는가? 『주역』에 이르기를, '등짐이나 져야 할 신분의 사람이 수레를 타면 도둑이 달려든다'고 했는데 이것이 바로 본분을 망각했기 때문임을 이름일세. 그러니 의리에 맞지 않으면 아무리 많은 재물을 준다고 해도 정당한 것이 아닐세. 힘들이지 않고 재물을 얻으면 아무리 큰 부자가 되더라도 그 명성을 더럽힐 뿐이야. 그래서 사람이 죽으면 신분에 따라 구슬이나 옥이나 쌀알을 입에 물리는데 이는 그 죽음이 깨끗함을 밝히기 위해서지.

예덕(穢德): 이 말은 『서경(書經)』 「태서편(泰誓篇)」에 나오는 말로서 악덕(惡德)이라는 뜻이다. 은왕(殷王) 주가 포악하여 백성들이 하늘에 호소하자 은왕의 나쁜 덕이 더욱 분명히 알려졌다는 뜻으로 '예덕 창문(穢德彰聞)'이라는 말이 나온다. 연암 같은 대학자가 엄행수 같은 사람을 순수하고 선량한 사람으로 설정해 놓고 이 악명 높은 말을 인용한 것은 어쩌면 자신의 처지를 풍자한 것인지도 모른다.

진승(陳勝)·오광(吳廣): 농민의 자식들로 중국 진시황의 폭정에 항거하여 진시황의 아들인 이세 황(楚王)이 되었으나 한(漢)의 유방(劉邦)과 싸워 오강(嗚江)에서 죽음.

항적(項籍): 항우(項羽). 진시황을 멸망시키고 초왕(楚王)이 되었으나 한(漢)의 유방(劉邦)과 싸워 오강(嗚江)에서 죽음.

저 엄행수는 더러운 똥을 지고 다니면서 식생활을 해결하니 다른 사람이 보기에 매우 깨끗하지 못하다고 하겠지. 그러나 생활 방법이 얼마나 떳떳한가? 그가 하는 행위야 좀 천할지 몰라도 그가 지키는 도리야 얼마나 고상한가? 이런 것을 가지고 그가 뜻하는 바를 미루어 본다면 아무리 높은 지위에 있는 부자라도 그보다 나을 것이 없음을 알 수 있네. 이런 것으로 볼 때 이 세상에서 깨끗하다고 하는 자 중에도 깨끗지 못한 자가 있고, 더럽다고 하는 자 중에도 더럽지 않은 자가 있음을 알 것이야. 나는 음식이 너무 맛이 없을 때면 나보다 못한 처지의 사람을 생각한다네. 그러다가 저 엄행수에 생각이 미치면 견딜 수 없는 것이 없어진다네. 참으로 그 마음 가운데 남의 재물을 도둑질하려는 생각을 가지지 않았다면 엄행수를 생각지 않을 수 없을 거야. 이 마음을 더욱 넓혀 간다면 성인의 마음에 이를 수 있을 것일세. 그러므로 선비된 자가 곤궁하게 살면서 그 곤궁한 처지를 얼굴 표정에 나타내는 것과 뜻한 바를 성취시켰다고 그 만족감을 행동으로 나타내는 것은 수치스러운 일이지. 이런 사람들을 저 엄행수와 비교해 본다면 부끄러워하지 않을 자가 드물 것일세. 내가 엄행수를 스승으로 삼는다고 한 이유가 여기 있다네. 감히 벗이라고 할 수도 없지. 그래서 나는 감히 저 엄행수의 이름을 부르지 못하고 예덕선생이라는 호를 지어 부른다네."

―『연암집』

광문자전(廣文者傳) · 박지원

광문(廣文)은 거지였다. 일찍이 종로〔鐘樓〕거리에서 빌어먹고 살았는데, 여러 거지들이 그를 두목으로 추대하였다. 그리하여 다른 거지들이 밥을 빌러 나갈 때 그는 그들의 소굴을 지키는 일을 맡았다.

어느 추운 겨울날이었다. 다른 거지는 모두 밥을 빌러 나갔으나 거지 아이 하나가 몸이 몹시 아파서 그들을 따라가지 못하였다. 아이는 자리에 누워서 고통을 참지 못하여 신음하고 있었다. 아이를 간호하던 광문은 가까운 거리로 나가서 우선 먹을 수 있는 음식을 빌어다가 병든 거지 아이에게 먹이려고 했는데, 광문이 음식을 빌어 돌아왔을 때 아이는 이미 죽어 있었다.

나중에 밥을 빌어 온 거지들은 아이가 죽은 것을 보고 광문이 죽였다고 생각하고는 광문을 둘러싸고 몰매를 때렸다. 광문은 거기에 견뎌 내지 못하고 결국 밤중에 쫓겨나고 말았다. 그가 추위를 피하기 위하여 마을의 어느 집에 들어갔더니 그 집 개가 몹시 짖었다. 그는 집주인에게 붙잡혀 도둑으로 몰려 새끼줄에 꽁꽁 묶였다. 광문은 애걸하였다.

"나는 도둑이 아닙니다. 거지들한테 몰매를 맞고 도망 온 겁니다. 내 말을 못 믿겠거든 내일 아침에 나를 따라와 보십시오."

주인은 그의 말이 순박한 것에 감동하여 그를 헛간에서 재운 뒤에 새벽에 놓아 보내었다. 광문은 고맙다고 인사를 한 뒤에 떨어진 거적을 하나 달라고 부탁하였다. 주인은 그에게 거적을 내주고는 뒤를 따라가 보았다. 그 때 여러 거지들이 죽은 거지의 시체를 끌고 와서 청계천 수표교(水標橋) 밑에 던지고 갔다. 그것을 본 광문은 다리 밑으로 내려가서 시체를 거적에 말아서 싸 가지고 둘러 업더니 그것을 서교(西郊 : 지금의 서교동)의 공동 묘지로 가서

> 광문이라는 거지가 정직한 사람으로 인정받게 되자 사람들이 지나치게 그를 미화하여 마침내는 신격화되고 말았다. 사람들의 심리가 객관적인 평가보다 부화 뇌동하는 경향이 있음을 풍자한 글.

묻어 주었다. 그리고 한편으로 울면서 한편으로는 넋두리를 하였다.

이 광경을 본 주인은 그를 불러 놓고 사연을 물어 보았다. 광문은 그간의 일을 자세히 설명해 주었다. 그러자 주인은 광문을 데리고 집으로 돌아와서 옷을 주어 갈아입게 한 뒤에 다시 그를 부잣집 약방에 심부름꾼으로 취직을 시켜 주고, 그의 신원 보증도 서 주었다.

얼마쯤 지난 뒤에 약방 주인은 외출을 할 때쯤에는 늘 약방 안을 유심히 둘러보고 또 귀중품을 넣어 놓은 궤짝의 열쇠를 확인하곤 하였다. 그러고는 광문을 보고 무어라고 말을 하려다가 그만두곤 하였다. 광문은 주인이 자신을 의심하고 있다고 느꼈으나 그 원인은 알 수가 없었다. 그리하여 그냥 말없이 일만 부지런히 하였다. 그러던 어느 날 약방 주인의 처조카가 돈을 가지고 돌아와 주인에게 말하였다.

"며칠 전에 제가 돈을 꾸러 왔었는데 마침 이모부께서 출타중이므로 급한 김에 방에 들어가서 그냥 돈을 가져 갔었습니다. 이모부께서는 혹시 그 사실을 알았습니까?"

주인은 그제야 자신이 광문을 의심한 것을 부끄럽게 생각하고 그에게 사과하였다.

"얘야! 내가 참으로 졸장부다. 공연히 너같이 착한 사람을 의심했단다. 너를 볼 면목이 없구나."

그는 이 사실을 친지들에게 이야기하고 친지들은 그 말에 살을 붙여 광문의 훌륭한 점을 더욱 칭찬하니, 소문은 금세 서울의 큰 부호들이나 상인들에게까지 퍼지고, 이어서 조정에 출입하는 높은 벼슬아치들에게까지도 자자해졌다. 그리하여 그의 일화는 양반 귀족들의 잠자리에서까지 오르내리곤 하였다.

이렇게 광문이 옛날의 훌륭한 사람들보다 더 과장되게 알려지게 되었고, 마침내 이제는 그를 약방에 추천해 준 주인까지 사람을 알아보는 안목이 있음을 칭찬받게 되었으며, 다음으로는 약방 주인도 훌륭한 사람이라고 온 서울에 알려졌다.

당시 서울에서 돈놀이를 하는 자들은 주로 머리 장식품인 옥이나 비취 또는 의복이나 그릇 종류 아니면 종이나 땅 문서를 저당 잡고 돈을 빌려 주었는데, 광문이 보증을 서 준다고 하면 채권 유무를 따지지 않고 단번에 천금을 내어주기도 하였다.

광문의 사람됨을 따져 보면 얼굴도 매우 볼썽 사납게 생겼고, 사람을 사로잡을 만한 말재주도 없었다. 게다가 입은 커서 주먹이 두 개씩은 들락날락할 정도였다. 그는 특히 마당놀이인 만석(曼碩)놀이(요즘의 가면극 같은 놀이의 일종)나 철괴*춤을 잘 추었다. 당시 아이들이 서로 헐뜯고 욕할 때 "애, 네 형이 달문(達文)이지." 하곤 했는데, 달문이는 곧 광문의 다른 이름이었다.

광문은 길을 가다가 싸움하는 이를 만나면, 자기도 옷을 벗어부치고 함께 달려들어 싸울 듯하다가는 갑자기 벙어리처럼 뭐라고 입속으로 웅얼거리며 땅에 엎드려 금을 그어 놓고 무엇인가 시비곡직을 판단하려는 시늉을 한다. 그러면 거기에 모여 있던 사람들이 모두 웃게 되고 싸우던 사람들도 어쩔 수 없이 따라 웃어 자신도 몰래 분한 마음이 풀어져 버려 싸움이 끝난다.

또 광문은 나이 사십이 넘도록 머리를 땋고 다녔다. 사람들이 장가를 가라고 하면 그는 이렇게 대답하는 것이었다.

"얼굴이 아름다운 사람을 구하는 것은 남자뿐만 아니라 여자도 마찬가집니다. 그런데 나같이 못생긴 사람이 어찌 장가를 갈 수 있겠습니까?"

그리고 사람들이 집을 마련하여 살림을 하라고 하면 그는 또 이렇게 말하였다.

철괴(鐵拐) 중국 전설상에 있는 신선 이철괴(李鐵拐)를 가리킨다. 그는 신선이지만 몰골이 사납고 다리를 절어서 쇠지팡이를 짚고 다녔다고 한다.

"나에게는 부모 형제나 처 자식도 없습니다. 게다가 아침에 노래를 부르고 나갔다가 저녁이면 부잣집 문간에서 잠을 잡니다. 서울에 집이 8만 채인데 매일 한 집씩 옮겨 다니며 자도 내 한평생에 그 많은 집을 다 돌아다니며 잘 수 없을 겁니다."

 이 때 한양의 이름난 기생들은 아무리 아름다워도 광문이 소문을 내주지 않으면 유명해지지 않았다.

 언젠가 서울에서도 유명한 한량들인 우림(羽林)의 무관들 그리고 여러 궁전의 별감(別監)들과 임금의 사위인 부마 도위(駙馬都尉)들이 종을 거느리고 옷소매를 휘저으며 이름난 기생 운심(雲心)을 찾은 일이 있었다. 그들은 마루 위에 앉아 술을 따라 놓고 비파를 뜯으며 운심에게 춤을 추라고 하였다. 그러나 운심은 짐짓 사양하면서 춤을 추지 않았다.

 이 때 광문이 마루 밑에서 서성거리다가 마루에 성큼 올라와 상좌에 앉았다. 광문의 옷은 남루하고 행동은 거칠었지만 의욕은 넘쳐 났다. 눈꼬리에는 눈곱이 끼고 술 취한 듯 목에서는 연해 딸꾹질이 났다. 염소털 같은 머리를 동쪽에 틀어 돌린 것을 본 사람들은 그를 당장에 두들겨 내쫓고 싶어하였다. 그러나 광문은 개의치 않고 오히려 앞으로 다가앉아 무릎을 치며 곡조에 맞추어 콧노래를 불렀다. 그러자 운심은 서둘러 자리에서 일어나 옷을 갈아입고 광문을 위하여 칼춤을 추었다. 드디어 온 좌석은 기쁨으로 가득 찼고 그들은 광문과 벗을 삼기로 한 뒤 헤어졌다.

—『연암집』

민옹전(閔翁傳) · 박지원

민옹(閔翁)은 남양에 사는 사람으로 무신년 민란*에 관군으로 뽑혀 나간 공으로 첨사(僉使) 벼슬을 하다가 집으로 돌아온 뒤로는 다시는 벼슬길에 나가지 않았다.

어릴 때부터 영리하고 총명했으며 남달리 옛사람들의 지조나 위대한 업적을 사모하여 그들이 처한 현실에 대해 불평을 품거나 흥분을 잘 했다. 그래서 그들의 전기를 읽을 때면 한탄도 하고 눈물도 흘렸다.

일곱 살이 되자 그는 자신의 집 벽에 "향탁*은 스승이 되었다."고 크게 써 붙였다.

열두 살이 되자 "감라*는 장수가 되었다."고 썼다.

열세 살이 되자 "외황* 고을의 아이는 유세(遊說)를 했다."고 썼다.

열여덟 살에는 덧붙여 쓰기를 "거병*은 기련(祈連)에 출정하였다."고 썼다.

24세가 되자 "항우는 강을 건넜다."고 썼다.

그러나 그는 나이 사십이 되도록 성공한 일이 없었다. 그러자 큰 글씨로 다음과 같이 썼다.

"맹자는 부동심*이라고 하셨다."

이렇게 해마다 빠뜨리지 않고 글씨를 쓰다 보니 벽이 온통 새까매졌다. 민옹의 나이 칠십이 되었을 때 아내가 비꼬며 말했다.

칠십 평생을 불우하게 살아왔지만 박학다식함과 기죽지 않고 남 앞에서 큰소리치는 호기, 괴팍한 성질과 재치를 지닌 민옹이라는 노인을 통해 일그러진 사회 현실을 묘사한 소설.

무신년 민란: 1728년(영조 4년)에 일어난 이인좌의 난.

향탁(項槖): 7세에 공자의 스승이 되었다고 함.

감라(甘羅): 『사기(史記)』「감무(甘茂)열전」에 나옴. 감라는 진(秦) 감무의 자손으로 열두 살에 장수가 되어 조(趙)나라를 쳤다고 함.

외황(外黃): 항우가 외황이라는 고을에 사는 15세 이상의 사내들을 모조리 죽이려고 하자 그 고을에 사는 열세 살짜리 소년이 항우를 설득하여 살육을 막았다고 함.

거병(去病): 성명은 곽거병(郭去病). 전한(前漢) 사람으로 열여덟 살에 표기장군으로 흉노를 치러 가서 기연산 전투에서 많은 포로를 잡음. 출전: 『사기』「위장군 표기 열전」.

부동심(不動心): 『맹자』「공손추편」에 사십부동심(四十不動心)이라는 글이 있음.

"영감, 금년에는 까마귀나 그리지 않으려오?"

민옹이 즐거운 얼굴로 말했다.

"빨리 와서 먹이나 가시오."

그러고는 큰 글씨로 다음과 같이 썼다.

"범증*은 기이한 계책을 좋아했다."

아내가 화를 내며 말했다.

"계획이 기발하면 뭐 할 것이며, 도대체 그 계획은 언제 써 본단 말이오?"

민옹이 웃으며 말했다.

"옛날 여상*은 여든 살에 매처럼 이름을 떨쳤소. 그런데 지금 나는 그 분에 비하면 아직 어린 아우에 불과하오."

계유년과 갑술년(영조 30년, 1745년) 사이, 내 나이 17, 8세 되던 해에 병으로 오래도록 고생하였다. 당시 나는 노래나 서화, 고풍스러운 칼과 거문고, 제기(祭器) 등 잡스러운 물건을 좋아하였고, 익살스러운 재담이나 옛이야기 잘하는 손님을 집으로 불러모아 위로받으려 했으나 어느 것도 답답하고 울적한 마음을 탁 트이게 하지는 못했다. 그 때 어떤 사람이 민옹을 추천하였다.

"민옹은 기이한 선비로 가곡에 능하고 재치가 있으며 특이한 재능이 있어서 그의 말을 들은 사람은 가슴 속이 탁 트인다고 합니다."

그 말을 듣고 기뻐하며 민옹을 부르니 마침내 그가 왔다. 그 때 나는 다른 사람의 연주를 듣고 있었는데, 민옹이 인사도 하지 않고 앉아서 한참 동안 퉁소 부는 사람을 바라보더니, 갑자기 퉁소 부는 사람의 따귀를 한 대 치고 큰 소리로 꾸짖었다.

범증(范增): 나이 칠십에 항우의 군사 참모가 됨. 한나라 유방과의 전쟁에 모든 계획을 세웠으나 뒤에 항우가 그 계획을 들어주지 않자 등창이 나 죽음.

여상(呂尙): 주나라 문왕(文王)의 스승. 나이 팔십에 무왕을 도와 은나라를 정복함.

"주인은 기쁜 마음으로 듣는데 너는 왜 성을 내며 연주하느냐?"

내가 깜짝 놀라서 까닭을 물으니 민옹이 말했다.

"저 자가 눈을 부릅뜨고 얼굴을 찌푸리고 있으니 성낸 것이 아니고 무엇인가?"

내가 큰 소리로 웃자 그가 말했다.

"저 퉁소쟁이만이 아니라 피리 부는 놈은 얼굴을 돌린 채 우는 것 같고, 장구 치는 놈은 찡그리고 있어 근심이 가득 쌓여 있는 듯하네. 그러니 앉아 있는 사람들이 두려움으로 가득 차 있지. 종놈 아이들까지도 웃거나 말하지도 못하니, 이래 가지고서야 음악이 즐거울 수가 있나?"

나는 당장에 연주를 그만두도록 하고 민옹에게 자리에 앉기를 권했다. 그는 키가 작았으며 흰 눈썹이 눈을 덮었다. 그가 자기 소개를 했다.

"내 이름은 유신(有信)이고, 나이는 일흔셋일세."

그리고 나에게 물었다.

"자네는 무슨 병이 있나? 머리가 아픈가?"

"아니오."

"배가 아픈가?"

"아니오."

"그러면 자네는 병이 없는 걸세."

민옹은 이렇게 단정적으로 말하고는 당장 문을 열어 제치고 들창을 들어올려 고리에 매달았다. 그러자 바람이 시원스럽게 불어왔고 내 마음도 조금 상쾌하여져서 전과는 다른 느낌이 들었다. 나는 민옹에게 병세를 이야기하였다.

"저는 특별히 음식이 먹기 싫고, 밤에 잠을 제대로 이룰 수가 없습니다."

그러자 민옹이 정중히 자리를 바로잡고 앉더니 나를 향해 축하한다고 했다. 나는 놀라서 물었다.

"아니, 영감님께서는 무엇을 축하한단 말씀이십니까?"

민옹이 말했다.

"자네 집안이 가난한데 다행히 밥 먹기를 싫어한다니 재물이 모이지 않겠나? 또 잠을 못 자면 살아 있는 시간이 잠 못 자는 시간만큼 늘지 않겠나? 그리고 보면 오래 살고 부자 되는 것인데 축하할 일이 아니겠는가?"

얼마쯤 뒤에 밥상이 들어왔다. 나는 얼굴을 찌푸린 채 음식을 골라 냄새를 맡고 있었다. 그러자 그가 갑자기 화를 내고는 일어나 가려고 하였다. 내가 놀라서 이유를 묻자 그가 말했다.

"손님을 초대해 놓고는 함께 먹자고도 않은 채 먼저 음식을 맛보다니, 예의가 아닐세."

내가 사과하며 함께 식사하자고 재촉하자 그는 거절하지 않고 팔을 걷어붙이더니 수저를 바삐 놀렸다. 수저 소리가 요란하였다. 그러자 나도 입에 침이 돌고 코가 트이며 식욕이 생겨 예전처럼 밥을 먹을 수 있었다.

밤이 되자 민옹이 눈을 감고 단정하게 앉았는데 내가 말을 붙여 보아야 입을 열 것 같지 않았다. 나는 매우 심심해졌다. 얼마쯤 지나자 민옹이 갑자기 촛불을 밝히고는 나에게 말했다.

"나는 젊었을 때 책을 한 번만 보면 다 외웠다네. 지금은 늙어서 그럴 수 없지만 자네 나하고 글 외우기 내기 한 번 해보겠나? 지금까지 보지 않은 책을 두세 번 읽은 뒤에 외우기로 말일세. 만일 한 자라도 틀리면 벌을 받기로 약속하세."

나는 그가 늙었음을 알기 때문에 그렇게 하자고 하고는 책꽂이에 꽂힌 책 중에 『주례(周禮 : 13경 중의 하나)』를 뽑아 들었다. 그러자 민옹은 그 책 가운데 '고공기(考工記)'라는 부분을 골라잡았고, 나도 '춘관(春官)'이라는 부분을 골라잡았다. 얼마 지나지 않아 민옹이 소리쳤다.

"나는 이미 외웠네."

나는 아직 한 번도 다 훑어보지 못했기 때문에 잠시만 기다리라고 하였다. 그러자 민옹은 자꾸 독촉하였고 나는 그럴수록 더욱 외울 수가 없었다. 그러다가 졸음이 와서 잠이 들고 말았다.

다음날 날이 밝자 나는 민옹에게 물었다.

"지금도 어제 저녁에 외우신 것을 외우실 수 있습니까?"

그가 웃으면서 말했다.

"나는 처음부터 외우지 않았네."

어느 날 밤 민옹과 이야기를 나누고 있는데 민옹이 농담을 섞어 가며 주위 사람들을 골리니 주위 사람들이 그의 능력을 시험해 보려고 여러 질문을 하였다.

"영감님, 무엇이나 잘 아시는 것 같은데, 귀신을 본 일이 있습니까?"

"보았지."

"어디 있습니까?"

민옹이 눈을 부릅뜨고 앞쪽을 한참 응시하더니, 등불 뒤쪽에 앉아 있는 사람을 가리키며 큰 소리로 외쳤다.

"저기 있네."

지적당한 사람이 화가 나서 따지자 민옹이 말했다.

"밝은 곳에 있으면 사람이 되고 어두운 곳에 있으면 귀신이 되는 것이야. 지금 자네는 어두운 곳에 앉아서 밝은 쪽을 바라보고 자기 모습은 숨긴 채 다른 사람 행동을 엿보니 귀신이 아니고 무엇인가?"

둘러앉았던 사람들이 모두 웃었다. 누군가 또 물었다.

"영감님, 신선을 보았습니까?"

"보았지."

"어디서요?"

"가난한 집 사람이 신선이지. 왜 그런가 하면, 부자는 이 세상을 좋아하지만 가난한 집 사람은 이 세상을 싫어한다네. 세상을 싫어하는 자가 신선이 아닌가?"

누군가가 또 물었다.

"영감님께서는 나이가 아주 많은 사람도 보았습니까?"

"보고말고, 내가 아침에 숲 속에 들어갔더니 두꺼비 한 마리와 토끼 한 마리가 서로 자기가 더 오래 살았다고 다투더군. 그 때 토끼가 두꺼비에게 이렇게 말했어. '나는 저 800년을 살았다는 팽조*와 나이가 비슷하다. 그러니 너는 한참 어리지.' 그러자 두꺼비는 머리를 숙이고 울더군. 토끼가 놀라서 물었어. '아니, 왜 슬퍼하지?' 두꺼비가 이렇게 대답했다네. '난 말이야, 우리 집 동쪽 이웃에 사는 어린아이와 동갑인데, 그 아이는 다섯 살에 책을 읽을 줄 알았어. 그는 중국 상고 시대의 임금으로, 목덕(木德)으로 태어난 천황씨(天皇氏)께서 인년(寅年)에 나라를 세웠는데, 왕(王)이라는 명칭과 제(帝)라는 명칭으로 바꾸어 가며 지나다가 주(周)나라 말기 왕의 법통이 끊어지자 왕의 정통을 표시하는 달력은 끝나고, 진(秦)나라가 천하를 통일하였으나 뒷사람들은 정당한 계통으로 인정하지 않고 윤위*로 치부했네. 그리고 한나라, 당나라를 지나 아침저녁으로 송나라와 명나라가 교체했지. 역사가 바뀔 때마다 기쁘기도 하고 놀라기도 하였으며 사람이 죽으면 슬픈 마음으로 보내고 하는 동안에 지금까지 지루한 세월을 보냈다네. 그렇지만 그 아이는 귀와 눈이 더욱 총명해지고 치아와 털이 점점 자라니, 이 세상에 나이 많은 사람으로는 그 아이만한 사람이 없지. 그런데 팽조는 800살에 일찍 죽었을 뿐 아니라 경험한 세상도 많지 않고 겪은 일도 오래 되지 못했으니 그것을 슬퍼하는 거야.' 하더군. 그러자 토끼가 두 번 절하고 달아나면서

팽조(彭祖) 중국 상고 시대의 요(堯) 임금 때 태어나서 은(殷)나라 말기까지 800년을 살았다는 사람.

윤위(閏位) 『자치통감』에 진시황이 분서갱유(焚書坑儒)한 사실을 들어 왕의 정통으로 인정하지 않고 패국으로 인정해 윤위로 하자고 주장함.

'당신은 내 할아버지뻘이야.' 했어. 이걸로 볼 것 같으면 책을 많이 읽는 자가 가장 많이 사는 사람이야."

또 누가 물었다.

"영감님께서는 맛이 가장 좋은 것도 보았소?"

"보았지. 달이 하현(下弦)이 되어 썰물이 되면 흙을 갈아 염전을 만들고 갯벌을 구워서 거친 것은 수정을 만들고 고운 것은 소금을 만들어 음식의 맛을 내니, 소금이 없이 무엇이 되겠나?"

그 말을 들은 사람들이 이렇게 말했다.

"그 말씀이 맞습니다. 그러나 불사약(不死藥)은 못 보았겠지요."

민옹이 웃으며 말했다.

"아침저녁으로 먹는데 어떻게 모르겠나? 큰 산골짜기에 깊이 박힌 소나무 뿌리가 땅속으로 스며든 이슬을 빨아들이며 천년 세월을 지낸 뒤에 복령(茯靈)으로 변하지. 그리고 삼(蔘)은 신라 땅에서 나는 것이 으뜸인데 모양은 단정하고 색은 붉으며 사람처럼 사지(四肢)가 있으며 두 갈래로 묶은 머리가 꼭 어린아이 같지. 구기자(枸杞子)는 천년을 묵은 뒤에 사람을 보면 개처럼 짖어 댄다네. 내가 일찍이 그것들을 먹은 뒤, 다른 음식을 먹지 않고 100일을 견디다 보니 숨을 헐떡이며 거의 죽게 되었네. 그 때 이웃집 늙은 여인이 와 보고 한탄하기를 '자네가 너무 굶었구먼. 옛날 중국 상고 시대 신농씨*는 백 가지 풀을 맛보고 오곡을 뿌려 농사 짓는 법을 가르쳤지. 그래서 병에 걸리면 약으로 고쳐야 하고 배가 고프면 곡식으로 지은 밥을 먹어야 하는 것이야. 그러니 자네는 오곡으로 한 밥이 아니면 살아날 수가 없어.' 하고는 쌀과 조로 밥을 지어 먹이더구만. 그래서 죽지 않고 살아났다네. 그러니 불사약은 밥만한 것이 없다네. 나는 지금까지 아침에

신농씨(神農氏): 전설적인 임금으로 삼황(三皇) 중의 한 사람. 농사를 최초로 가르쳤고 독한 풀과 약이 되는 풀을 직접 맛보아 구분하였다고 함.

밥 한 그릇, 저녁에 또 밥 한 그릇 먹으며 칠십 평생을 살았지."

 민옹은 처음에는 지루하게 말을 늘어놓았지만 이치에 맞지 않는 것이 없었고 말 속에는 익살과 풍자가 들어 있어 말 잘하는 변사와 같았다. 주위 사람들이 더 물어 볼 것이 없어지자 내뱉듯이 이렇게 물었다.

 "아니, 영감님께서도 무서운 게 있습니까?"

 민옹은 한참 동안 아무 말도 않고 앉아 있다가 소리를 가다듬으며 이렇게 말했다.

 "무서운 것이야 나 자신보다 더 무서운 게 없지. 내 오른쪽 눈은 신비스러운 조화를 부릴 수 있는 용을, 왼쪽 눈은 용맹과 위엄을 상징하는 호랑이를 그릴 수 있으며, 혀 속에는 도끼를 감추었고 팔을 굽혀 활도 만들 수 있지. 생각하기에 따라서는 천진무구한 어린아이를 사나운 오랑캐로 만들 수도 있네. 그러니 조심하고 경계하지 않으면 스스로 물어뜯고 해치고 망칠 수도 있다네. 그래서 공자님은 『논어』에서 이르시기를 '자기 자신을 극복하여 예절을 돌이켜야 한다.'고 했고, 『주역』에서는 '사악한 마음을 갖지 말고 정성스러운 마음을 가져라.' 했으니 자신을 스스로 두려워하지 않을 수 없다는 말일세."

 수십 가지의 어려운 문제를 물었으나 민옹의 대답은 마치 메아리가 돌아오듯 빠르게 돌아와 끝내 그를 궁지에 몰아넣지 못했다. 또 스스로 칭찬하고 거만스럽게 주위 사람을 비웃기도 하여 사람들이 배꼽을 잡고 웃었지만 그는 얼굴빛 하나 변하지 않았다. 어떤 이가 말했다.

 "황해도 지방에 황충(蝗蟲)이 생겨서 관청에서는 백성을 독려하여 포획한다고 합니다."

 민옹이 말했다.

 "황충은 잡아 무엇 하려는 건가?"

 "이 벌레는 누에보다 작은데 알록달록한 색깔에 털이 있지요. 이놈이 날아다니게 되 명(螟)이라고 부르고, 식물에 달라붙어 있으면 모(蟊)라고 하는데, 곡식을 못쓰게 만들기 때문에 멸곡충(滅穀蟲)이라고도 합니다. 잡아서 묻어 버려야 합니다."

민옹이 말했다.

"그 작은 벌레는 걱정할 것 없네. 내가 보기에는 종로〔鐘樓〕거리에 길을 메우고 다니는 자가 모두 황충 같은 존재일세. 키가 일곱 자에 머리는 검으며 눈은 번쩍이지. 입은 주먹이 들어갈 정도로 큰데 시끄럽게 떠들어대고, 허리를 구부리고 다니는데 뒤에 있는 놈의 머리가 앞에 가는 놈의 발꿈치나 엉덩이에 부딪치지. 게다가 곡식을 축내기로는 이들보다 더한 놈이 없다네. 그래서 내가 그놈들을 모조리 잡으려고 하나 그렇게 큰 바가지를 구할 수 없는 게 한스럽다네."

자리에 앉아 있던 사람 중에는 정말로 그런 벌레가 있는 줄 알고 두려워하는 자도 있었다.

어느 날 민옹이 오기에 내가 그를 바라보며 은어로 말했다.

"춘첩자* 방제(尨啼)요."

민옹이 웃으며 말했다.

"춘첩자는 문(門)에 붙이는 글(文)이니 두 자를 합치면 '성 민(閔)'자가 되지. 방(尨) 자는 '늙은 개'를 뜻하니 나를 욕하는 말이고, '울 제(啼)' 자를 쓴 것은 내 이가 빠져서 소리가 얼얼하니까 듣기가 싫다는 뜻이군. 곧 '민 영감의 말은 개가 짖어 대는 것 같소'의 뜻이겠지. 그러나 자네가 만일 개(尨)가 두렵거든 '개 견(犭)' 변을 떼어 버리고 얼얼하며 지껄이는 소리가 듣기 싫으면 입 구(口)를 막아 버리라구. 그러면 '임금 제(帝)' 자만 남게 되니 임금이란 조화(造化)를 하는 힘이 있고, '개 견(犭)'을 떼어낸 '클 방(尨)' 자는 크다는 뜻이 있지. 그러니 '임금 제(帝)' 자에다가 '클 방(尨)' 자를 붙이면 크게 된

*춘첩자(春帖子): 입춘날 대궐 안 기둥에 붙이는 주련(柱聯). 제술관이 하례하는 내용의 시를 써서 올림.

다는 뜻의 용(龖) 자가 되지 않나? 그러고 보면 자네는 나에게 욕을 한 것이 아니고 나를 칭찬한 것이야."

　민옹은 다음 해에 죽었다.

　그는 기이하고 오만하고 방탕했으나 성품은 곧고 착했으며, 『주역』에 밝았고, 노자*의 학설을 좋아하였으며 책은 읽지 않은 것이 거의 없다고 하였다. 두 아들은 무과(武科)에 합격하였으나 벼슬은 하지 않았다.

　금년 가을에 나의 병은 더욱 심해졌다. 그러나 이제 민옹은 더 이상 없다. 그동안 나와 주고받던 말 중에 은어나 익살이 섞인 말, 풍자한 내용을 가지고 「민옹전」을 썼는데 때는 정축년(영조 33년, 1757년, 작자 21세) 가을이다. 다음은 민옹의 죽음을 애도하는 글인 뇌문(誄文)이다.

　　아아. 슬프다, 민옹이여!
　　괴상하고 기이하며 놀랍기도 하지.
　　때로는 기쁘다가도 때로는 성이 나고
　　때로는 얄밉기도 하여라.
　　벽에 그린 까마귀, 매가 되지 못했네.
　　민옹은 뜻 있는 선비지만
　　결국 그 뜻을 펴지 못하고 죽었지.
　　내 그를 위해 이 전(傳)을 써 놓으니
　　아하! 그는 아직 죽지 않은 것일세.

　　　　　　　　　　　　　　　―『연암집』

* 노자(老子) 춘추전국시대의 철학자. 도가(道家)의 시조. 성은 이(李)씨인데 공자도 그에게 예를 배웠다고 함. 장자(莊子)가 그의 이론을 발전시켜 뒷날 노장의 사상으로 알려짐.

양반전(兩班傳) · 박지원

> 부자인 천민이 양반이 되고 싶어 하던 나머지 가난한 양반의 빚을 대신 갚아 주고 그 양반의 신분을 사서 양반 노릇을 해 보려고 하지만 고을 원으로부터 양반이 지켜야 할 규칙과 양반이 누릴 수 있는 특권을 듣고는 결국 양반 되기를 포기한다는 내용의 소설.

양반은 선비를 존칭하는 말이다. 강원도 정선군에 착하고 책 읽기를 좋아하는 양반이 있었다. 그래서 군수가 새로 부임하면 선비의 집을 꼭 찾아보고 인사 치례를 하였다. 그런데 집이 매우 가난하여 군에서 해마다 빌려다 먹은 곡식이 천 섬이나 되었다. 강원도 관찰사가 시찰차 그곳에 들렀는데 백성에게 곡식을 꾸어주는 조적(糶糴 : 환곡) 출납을 조사하다가 큰 소리로 나무랐다.

"어떻게 생겨먹은 양반이 군대 먹일 양식을 이렇게 축냈단 말인가?"

관찰사는 즉시 양반을 잡아다가 감옥에 가두라고 하였다. 그러나 군수는 양반의 처지를 딱하게 생각하여 차마 가두지도 못하고 조바심만 내고 있었고 양반도 밤낮 빚 갚을 궁리를 해보았지만 뾰족한 수가 없었다. 이를 본 그의 아내가 나무랐다.

"당신이 평생 책 읽기를 좋아하였으나 생활에 보탬이 된 것은 없지 않았소?"

게다가 고을의 관리들도 곡식을 갚으라고 계속 독촉하였으나 양반은 한푼도 갚을 능력이 없었다. 이 때 마을에 사는 부자 한 사람이 가족과 의논하였다.

"양반은 아무리 가난해도 항상 존경을 받는데, 우리는 아무리 부자라도 늘 천대를 당하며 살지 않는가? 그래서 타고 싶은 말도 감히 떳떳이 타지 못할 뿐 아니라, 양반만 보면 몸을 웅크리고 뒤로 물러서서 처분을 기다려야 하고, 엉금엉금 뜰 아래까지 기어가서 코가 땅에 닿도록 절을 하고는 다시 무릎으로 기어 나와야 한다. 이와 같이 우리는 늘 창피를 당하며 살아야 하는데 마침 양반 한 사람이 가난 때문에 나라에 꿔 온 곡식을 갚지 못하는 어려운 지경에 놓여 있다. 그의 형편으로 보면 양반의 지위를 유지할 수 없을 듯하니 내가 그 지위를 사서 가질까 싶다."

그는 결국 양반을 찾아가서 빚을 갚아 주겠다고 하였고 양반은 매우 기쁜 마음으로 허락하였다. 그래서 부자는 양반이 진 빚만큼 곡식을 실어다가 관청에 바쳤다. 군수가 놀랍고 기뻐서 양반을 찾아갔다. 양반의 노고를 위로하고 또 어떻게 갚았는지 알아보기 위함이었다. 군수가 양반 집에 도착하자 양반은 전립(氈笠 : 벙거지)을 쓰고 잠방이를 입은 채 꿇어 엎드려서 자신을 '소인'이라고 일컬으며 감히 쳐다보지도 못했다. 군수가 놀라서 수레에서 내려 그를 붙들어 일으키며 말했다.

"선생, 왜 자신을 이렇게 깎아 내리시오?"

양반은 더욱 두려운 표정으로 머리를 굽실거리며 엎드려 아뢰었다.

"황송하오나, 소인이 스스로 욕되게 하려는 것이 아닙니다. 양반의 신분을 이 마을 부자에게 팔아서 꿔 온 곡식을 갚았습니다. 이제부터는 이 마을 부자가 양반입니다. 그러니 소인이 어찌 그 명칭을 그대로 가질 수 있겠습니까?"

군수가 탄식하며 말했다.

"훌륭하기도 하구나 그 부자여. 양반이구나 그 부자여. 부자이면서 인색하지 않으니 의리 있는 사람이고, 남의 어려움을 구제해 주었으니 인자한 사람이며, 비천한 것이 싫어서 존경받기를 추구하니 지혜 있는 사람이다. 이런 사람이 진짜 양반이다. 아무리 그렇다지만 개인끼리 사고 판 뒤에 문서로 남겨 두지 않으면 뒷날 소송의 단서가 된다. 그에게 우리 고을 사람들이 보는 데서 서약을 하게 하고, 문서를 작성하여 그 약속을 지키게 하되 군수인 내가 증인으로 서명을 하겠다."

군수는 바로 군청으로 돌아가 고을에 사는 사족과 농부와 기술자와 장사꾼을 군청 마당에 모두 불러모은 뒤에 부자를 향소*의 오른쪽에 앉히고 양반은 공형*의 아래쪽에 세워 계약서를 작성하였다.

건륭(乾隆) 10년(1745년, 영조 21년) 9월 모일에 오른쪽과 같이 문서로 밝혀 계약한다. 계약 내용은 양반을 팔아 관청의 곡식을 갚는 것으로, 그 양은 곡식 일천 섬이다.

양반의 명칭과 그가 지켜야 할 행동은 다음과 같다. 책을 읽는 자를 선비라 하고, 벼슬을 하여 정사에 나아가면 대부(大夫)라 하고, 덕을 쌓으면 군자라고 이른다. 무사 계급은 조정에서 서쪽에 서고 문인은 동쪽에 자리하는데, 두 무리를 합쳐 양반이라고 한다. 양반은 하고 싶은 것은 무엇이나 하는데, 비천한 일은 하지 말아야 하고, 옛 것을 희망하고 고상한 뜻만을 숭배하여야 한다. 오경(五更 : 새벽 4시 전후)이 되면 일어나서 등불을 켜 놓고 앉아 있되 눈은 늘 코끝을 바라보아야 하고 발꿈치를 모아 엉덩이를 괴어 받치고 앉아『동래박의』*를 표주박이 얼음 위를 굴러가듯 외워야 한다. 굶주림과 추위를 참고 가난을 입밖에 내어 말하지 말며, 너무 추워서 이빨이 마주 부딪쳐 머리가 지끈지끈하더라도 가늘게 기침하여 침만 삼켜야 하고, 소매 끝으로 가죽털 관(모자)에 묻은 먼지를 털되 바탕 무늬가 보이도록 깨끗이 할 것이며, 손을 씻을 때는 손등으로 문지르지 말고, 입을 가시되 너무 지나치게 하지 말며, 긴 소리로 종을 부르고, 천천히 신발을 끌며 걸어야 한다.『고문진보』*와『당시품휘』* 같은 책을 깨알같이 베끼되 한 줄에 백 자씩 쓸 것이고, 손으로 돈을 만지지 않으며, 쌀값이 얼마냐고 묻지 말아야 하며, 덥다고 맨발로 다니지 말고 버선을 꼭 신을 것이며, 식사를 할 때는 망건을 벗고 상투만 내 놓은 채로 먹지 말고, 밥을 먹을 때는 국부터 먼저 떠먹지 말고, 마실 때는 후루룩 소리를 내지 말고, 젓가락으로 음식을

향소(鄕所) 수령의 자문 기관. 민간인을 대표하여 향청, 좌수, 별감 등이 있음.

공형(公兄) 고을 아전의 우두머리인 호장(戶長), 이방(吏房), 수형리(首刑吏)를 삼공형(三公兄)이라 함.

동래박의(東來博議) 당나라 여조겸이 지은 논문집.

고문진보(古文眞寶) 중국 고대 문장을 뽑아 모은 책.

당시품휘(唐詩品彙) 명(明)나라의 고병(高棟)이 중국 당나라 시대의 시작(詩作)을 형식별로 분류하고 작가별로 품평한 책.

쿡쿡 찌르지 말고, 생파를 먹지 말고, 술을 마실 때에 수염이 입 안에 딸려 들어가지 않게 하고, 담배를 피울 때 볼우물이 패도록 빨지 말고, 화난다고 아내를 구타해서는 안 되고, 그릇을 발로 차도 안 되며, 아이나 여자를 주먹으로 쳐서도 안 되며, 종에게 죽인다는 말로 욕하지 말며, 소나 말을 나무랄 때도 그 기른 주인을 욕하지 말고, 병이 나도 무당을 불러들이지 말며, 제사 때 중을 불러 제(齊 : 불공)를 올리면 안 되고, 화로에 손을 쬐어서도 안 되고, 말할 때 이를 드러내거나 침이 튀지 않게 해야 하고, 소를 도살하지 말고, 돈을 걸고 도박을 하지 말아야 한다. 이와 같은 여러 행동을 위반한 양반은 이 문서를 가지고 관가에 와서 다시 판정을 받아야 한다.

 문서의 끝에 성주인 정선 군수가 수결(手決)을 하고 좌수와 별감이 증거로 서명을 하니, 통인이 관인을 찍었다. 여러 사람의 웅성거리는 소리가 뒤섞인 가운데 북소리가 둥둥 나며 북두성과 삼성(參星)이 가로 세로 놓인 듯한, 도장이 찍힌 문서를 호장(戶長)이 낭독하였다. 낭독이 끝나자 부자는 멍한 표정으로 한참 바라보다가 이렇게 말했다.
 "양반이 겨우 이것뿐입니까? 내가 듣기로 양반은 신선 같다고 하였는데 이렇다면 저의 물건을 그냥 빼앗긴 것이나 다름없습니다. 바라건대 저에게도 이로움이 될 만한 것으로 고쳐 주십시오."
 그래서 다음과 같이 문서를 다시 만들었다.
 "하느님이 사람을 만드셨는데 그 계급이 네 가지이다. 그 중에 가장 귀한 것이 선비로 이를 양반이라고 한다. 양반의 이로움은 막대한 것이니, 양반은 농사도 짓지 않고 장사도 하지 않는다. 문장이나 역사를 대충 배워서 크게 되면 문과에 급제하고 작으면 진사(進士)가 되는데 대과 중 문과에 합격하면 합격증으로 받은 홍패(紅牌)는 2척(尺)밖에 안 되지만 모든 물건이 거기에 다 들어 있으니, 곧 돈자루와 마찬가지다. 진사는 서른 살이 되어야 처음 벼슬에 나가는데 음관*이라는 명칭으로도 벼슬에 나아갈 수 있으며 잘하면 높은 벼슬에도 올라갈 수가 있다. 흰 일산으로 바람을 막고, 배를 쑥 내밀고 앉아서 설렁줄을 흔들어 명령과 허락을 하고, 집안에는 귀고리로 단장한 기생을 두고, 뜰에는 곡식을 쪼아먹는 학을 기른다. 벼슬을 못하여 곤궁한 선비로 시골에 살더라도 오히려 힘으로 밀어붙일 수 있어서 이웃집 소를 끌어다가 먼저 밭도 갈고 마을 백성을 시켜 자기 밭부터 매게 한들 누가 감히 양반을 업신여길 것인가? 백성의 코에 잿물을 부어넣고 머리털이나 수염을 뽑아 버려도 원망하지 못한다."

부자는 그 문서를 보더니 혀를 내밀고 어이없다는 듯이 이렇게 말했다.

"그만 두시오, 그만 둬요. 참으로 맹랑하기도 하시오. 그래, 나에게 도둑질이나 하라는 말이오."

그는 머리를 몇 번 절래절래 흔든 뒤에 집으로 돌아가 버렸다. 그러고는 평생 동안 다시는 양반을 부러워하지 않았다.

― 『연암집』

*음관(蔭官) 조상의 업적으로 세습하는 벼슬.

김신선전(金神仙傳) · 박지원

　김 신선(金神仙)의 이름은 홍기(弘基)다. 나이 16세에 장가를 가서는 한 번 관계를 맺어 아들 하나를 얻고, 다시는 아내를 가까이하지 않았다. 솔잎이나 야생 과일을 조금씩 날것으로 먹고 곡식은 먹지 않는 벽곡*을 하고, 벽을 마주보고 앉아서 신선이 되는 공부를 한다는 면벽좌선(面壁坐禪)을 하였다. 이렇게 한 지 수년 만에 몸이 갑자기 가벼워져서 나라 안의 명산을 두루 돌아다니며 노닐었다.

　그는 하루에도 수백 리를 가서는 날이 이른가 저물었는가를 살폈으며 5년에 한 번씩 신발을 바꾸어 신었다. 험한 곳에서는 걸음이 더 빨라지는데, 일찍이 이렇게 말했다.

　"바지를 걷고 물을 건너야 하고, 방향을 잡아야 산을 넘기 때문에 갈 길이 더디게 된단 말이야."

　그는 밥을 먹지 않으므로 사람들은 그가 오는 것을 싫어하지 않았으며, 겨울에도 솜옷을 입지 않고 여름에 부채도 부치지 않아 신선이라는 명칭을 얻었다.

　나는 일찍이 우울증이 있었는데 누구에게 들으니 김 신선의 치료법이 특효가 있다고 하여 그 사람을 더욱 찾아보고 싶었다. 그래서 윤생(尹生), 신생(申生)이란 사람을 시켜 넌지시 찾아보도록 하였는데, 열흘 동안 서울을 돌아다녔으나 찾을 수 없었다. 윤생이 말했다.

　"내가 그전에 듣기에는 홍기의 집이 서학동이라고 했는데, 지금 가보니 없었소. 다만 그의 사촌 형제의 집에 그의 아내와 아들이 더부살이로 살고 있었소. 그래서 내가 그의 아들에게 물어 보았더니, '아버지는 한 해에 서너 번쯤 오십니다. 아

벽곡(辟穀): 도술의 일종으로 곡식을 먹지 않고 살아가는 것.

현실에 뜻이 없는 김홍기라는 인물의 이야기로 한평생 정처 없는 생활을 하며 술한 추측을 남겨 둔 채 그야말로 신선처럼 어디론가 사라지고 없어졌다는 내용의 소설. 내용으로 보아 연암이 27세에 쓴 글인 듯하다.

버지의 친구가 체부동에 사는데 술을 좋아하고 노래를 잘하는 김 봉사*라고 합니다. 누각동에 사는 김 첨지는 바둑을 좋아하고, 그 뒷집에 사는 이 만호*는 거문고를 잘 타며, 삼청동에 사는 이 만호는 손님 접대를 잘했으며, 미원동에 사는 서 초관*과 모교(毛橋) 다리 근처에 사는 장 첨사*와 사복천(司僕川), 냇가에 사는 지 승* 등은 모두 손님을 잘 접대하고 술을 좋아하지요. 이문 마을 안에 사는 조 봉사도 아버지 친구인데 그 집에는 이름난 꽃을 많이 심었습니다. 계동에 사는 유 판관* 댁에는 기이한 책과 골동품 칼이 있는데 아버지께서는 늘 이런 곳을 다니시며 거처하십니다. 그러니 아버지를 찾으시려거든 이 집들을 찾아 보시지요.' 하기에, 그의 말대로 이 집들을 찾아다니며 물어보았지만 아무 데도 없었소. 저녁에 어느 집에 이르니 주인은 거문고를 타고 곁에 두 명의 손님이 묵묵히 앉았는데 머리가 하얗게 세었는데도 갓을 쓰지 않았소. 드디어 김홍기를 만났다는 생각에 거문고 곡조가 끝날 때까지 한참 기다리고 섰다가 그들 앞에 나아가 물었소. '저 어느 분이 김씨 어른이십니까?' 주인이 거문고를 내려놓고 대답하기를 '이 자리에는 김씨 성 가진 사람이 없소이다만 누구를 찾으시오?' 합디다. 그래서 다시 말하기를, '소생은 정성을 다하느라고 목욕 재계까지 하고 와서 어르신네를 찾습니다. 바라건대 노인께서는 숨기지 마십시오.' 했더니 주인이 웃으며 이르기를, '당신은 김홍기를 찾는구먼. 그는 오늘 여기 오지 않았소.' 하였소. '그럼 죄송스럽습니다만 그분은 언제 오십니까?' '그는 머무는 것도 일정하지 않고 가는 것도 일정하지 않다오. 여기 올 때도 미리 기일을 잡아 놓고 오는 것이 아니므로 어떨 때는 하루에 두서너 번씩도 오고, 또 어떨 때는 한 해가 지

봉사(奉事) 벼슬 이름. 봉사, 첨지, 생원 등은 조선 시대에 존칭대명사로 많이 사용하였음.
만호(萬戶) 무관 벼슬 이름.
초관(哨官) 군영에 딸린 무관 벼슬.
첨사(僉使) 무관 벼슬.
승(丞) 벼슬 이름.
판관(判官) 벼슬 이름.

나도록 오지 않기도 한다오. 내가 듣기에는 회현방(會賢坊)에 많이 있다고 하기도 하고, 동관(董關)·이현(李峴)·동현(銅峴)·자수교(慈壽橋)·사동(社洞)·장동(壯洞)·대릉(大陵)·소릉(小陵) 등지를 다니며 거처한다고 하는데 나는 그가 가는 집의 주인이 누군지 아무도 모른다오. 다만 창동에 다니는 집은 알고 있으니 거기에 가서 한 번 물어 보시오.' 그가 가르쳐 준 대로 그 집을 찾아가 물어 보았더니 집 주인이 말하기를, '우리 집에 오지 않은 지가 두어 달 되었소. 내가 듣기에 장창교(長暢橋)에 사는 임 동지(林同知)가 술을 좋아하는데 그가 날마다 김홍기와 술판을 벌인다더군요. 혹시 그 집에 있을지 모르겠소.' 하기에 또 그 집을 찾아갔지요. 그랬더니 임 동지란 사람은 나이가 여든 남짓 되는데 귀까지 먹었더군요. 내 말을 간신히 알아듣고 말하기를, '이걸 어쩌나, 김홍기는 어젯밤에 나와 술을 실컷 먹고 아침에 술이 덜 깬 채로 강릉으로 떠났지.' 하였소. 나는 서운한 마음을 한참 진정시킨 뒤 이렇게 물었지요. '김홍기 씨는 어떤 특이한 점이 있습니까?' '그저 평범한 사람일 뿐이야. 특이하다면 밥을 먹지 않는 거야.' '모습은 어떻습니까?' '키는 일곱 자 남짓한데 깡마른 얼굴에 턱수염이 났고, 눈동자는 푸른색이고 귀는 크고 누렇다네.' '술은 얼마나 마십니까?' '한 잔을 마셔도 취하는데 한 말을 마셔도 더 취하지 않지. 언젠가 술에 취해 쓰러져 있는 것을 아전이 데리고 가서 구류해 두었더니 이레 동안 깨어나지 않아 그만 풀어 주었다네.' '대화할 때는 어떻습니까?' '여러 사람과 이야기할 때는 앉아서 졸다가 이야기가 끝나면 웃음을 그치지 않는다네.' '몸가짐은 어떻습니까?' '고요하게 앉았을 때는 중이 참선하는 것 같고, 조심하는 태도는 마치 과부가 몸조심하듯 하지.' 하였습니다."

나는 그 때 윤생이 그 사람을 찾는 일에 노력하지 않았다고 의심하였는데, 신생도 서울 시내의 수십 집을 찾아보고 온 뒤에 보고하는 말이 윤생과 같았다.

어떤 사람은 김홍기의 나이가 백여 살쯤 되기 때문에 그가 사귀는 사람은 모두 노인들이라고 하고, 또 어떤 이는 열아홉 살에 장가가서 곧바로 낳은 자식이 이제 겨우 약관(弱冠)의 나이인 스무 살쯤 되었으니, 이것으로 따져 볼 때 잘해야 쉰 살 정도 될 거라고 하였다. 또 어떤 이는 이렇게도 말하였다.

"김 신선은 지리산에서 약초를 캐다가 절벽에서 떨어져 돌아오지 못한 지가 수십 년이나 되었는데, 이것을 두고 어떤 이는 '지리산 바위 구멍 속에서 번쩍번쩍 빛나는 물체가 있는 것을 보았다.'고 하니, 어떤 이가 그 말을 받아 '그것이 바로 그 노인의 눈빛이야. 그 산골짜기에서는 가끔씩 그의 긴 하품 소리가 들리곤 한다네.' 하는 등 여러 소문이 있지."

그런데 지금 김홍기라고 일컫는 자는 '오직 술 마시기를 좋아할 뿐 도술을 가진 것도 아니며, 다만 그 이름을 빌려서 행세할 뿐'이라고들 했다.

그러나 나는 이런 말들을 믿지 않고 종놈 아이 복(福)을 시켜서 다시 그가 있는 곳을 찾아보라고 했으나 끝내 찾지 못하였다. 이 해가 바로 계미년*(작자 27세)이었다.

그 다음 해 가을에 나는 동해에 가기 위하여 저녁 무렵에 단발령(斷髮令)에 올라서 금강산을 바라보았는데 봉우리가 만이천 봉이라고 했다. 산 색은 흰데 산속에 들어가자 단풍나무가 붉게 물들고, 가시나무·감탕나무·녹나무 등도 모두 서리를 맞아 누렇게 되었으나 삼나무와 잣나무 등은 더욱 파랗게 보였다. 상록수도 많았으며 여러 기이한 나무가 모두 잎이 누렇고 붉게 물들어 있어서 즐거운 마음으로 내 가마를 메고 가는 중에게 물었다.

"이 산에 함께 노닐 만한, 도술을 깊이 터득한 특이한 스님이 있는가?"

"그런 분은 없습니다. 다만 듣자니 선암(船菴)이라는 암자에 벽곡하는 사람이 있다고 하는데, 어떤 이는 그가 영남 사람이라고도 하지

* 계미년: 작자의 아들이 쓴 머리말에 '연암소설은 모두 20세 이전에 썼다고 했는데 여기의 연도로 보면 그 말이 맞지 않음.'

만 확실한 것은 모릅니다. 게다가 선암은 길이 험하여 그곳에 가는 사람이 거의 없습니다."

그날 밤 장안사(長安寺)에 머무르며 여러 중에게 물어 보았더니 모두들 아까 가마 메고 온 중과 같은 말을 했다. 그러고는 이렇게 덧붙여 말했다.

"벽곡은 백 일만 하면 떠나는데 그 사람은 거기에서 벽곡한 지가 지금 구십여 일쯤 되었습니다."

나는 매우 기뻤다. 그가 신선일 것이라고 생각했기 때문이다. 생각 같아선 그날 밤 당장 가보고 싶었다. 아침에 진주담(眞珠潭) 아래 이르러 그곳에서 만나기로 약속한 사람들을 오래도록 기다렸으나 아무도 오지 않았다.

관찰사가 고을을 순행하는 도중에 이 산에 들어와서 여러 절간을 돌아다니며 묵게 되자 각 고을 수령이 모두 모였고 관찰사를 접대할 음식도 풍성했으며 그들이 산을 구경하러 나갈 때 따라다니는 중이 백여 명이나 되었다.

선암으로 가는 길은 너무 험해서 혼자서는 갈 수가 없어 영원(靈源)과 백탑(白塔) 사이를 오락가락하며 애를 태웠다. 또 비가 오래도록 내려서 엿새 동안을 산중에 머무른 다음에야 선암에 갈 수 있었다. 선암은 수미봉(須彌峯) 아래 있는데, 내원통(內圓通)을 지나 이십여 리를 가니 큰 바위를 깎아 놓은 듯한 천 길 절벽이 길을 막았다. 나는 늘어뜨려 놓은 쇠줄을 붙잡고 공중에 매달려 절벽을 올라갔다. 선암에 이르니 뜰은 비었고 새소리도 들리지 않았다. 법당 안 탑(榻) 위에는 작은 부처가 놓여 있고, 그 앞에는 신발이 두 짝 놓여 있었다.

나는 아쉬운 마음을 달래기 위해 한참 거닐며 바라보다가 마침내 바위 밑에다가 제명*을 한 뒤에 애석한 마음을 간직한 채 돌아왔다. 그곳에는 늘 구름이 둘러 있고 바람이 소슬하게 불었다고 한다.

누군가 말했다. 신선이란 산사람〔山人〕이라고. 또 어떤 이는 산

* 제명(題名): 명승지를 구경할 때 그곳에 자기 이름을 붓으로 써 놓거나 새기는 것.

에 들어가면 신선이 된다고도 했다. 또 어떤 이는 '훨훨 춤출 선(僊)' 자를 '신선 선' 자라고도 하는데 훨훨 춤춘다는 것은 몸을 가볍게 움직인다는 뜻이니 벽곡하는 자가 반드시 신선일 리는 없다. 아마 자기가 뜻한 바를 펴지 못하여 답답한 마음을 달래려는 것인지도 모른다.

—『연암집』

우상전(虞裳傳) · 박지원

일본의 관백*이 새로 임명된 뒤의 일이다. 일본에서는 저축을 늘리고 궁궐을 개수하고 선박을 수리하였으며, 여러 부속 국가와 섬에 있는 기이한 인재와 무사, 온갖 재주꾼과 글씨 잘 쓰고 그림 잘 그리는 사람, 문학 잘하는 선비를 수도로 불러 수련을 시켰다. 그러기를 수년이 지난 뒤에 우리 나라에다가 사신을 보내 달라고 간곡하게 청해 왔다. 그것은 마치 임금의 명책(命策 : 과거시험 논제)을 기다리는 듯한 태도였다.

우리 나라에서는 3품 이하의 문신 중에 훌륭한 사람만 뽑아서 삼사*로 임명하여 보냈는데, 이 삼사를 따라간 수행원도 모두 박식한 사람으로 천문학, 지리학, 산수, 점쟁이, 관상쟁이, 무사, 통소와 거문고 잘 타는 사람, 익살꾼, 소리 잘하는 사람, 술꾼, 장기와 바둑 잘 두는 사람, 말 잘 타고 활 잘 쏘는 사람 등 한 분야에서 뛰어난 사람으로 구성되었다. 그런데 이 중에서도 문장과 서화를 가장 중요시하여, 일본 사람들은 조선 사람들이 쓴 글자 한 자만 얻어도 천릿길을 갈 수 있는 양식을 싸 주곤 했다.

우리 사신 일행이 묵는 숙소는 모두 푸른 기와 지붕에 무늬를 새긴 돌로 계단을 쌓았고, 기둥이나 난간은 붉게 칠했으며, 창문의 휘장은 화제·말갈·슬슬* 등으로 장식했고, 밥 그릇은 금과 은으로 도금한 화려하고 고운 것이었다. 가는 길 중간중간에는 곳곳에 기이하고 신기한 구경거리를 만들어 놓았다. 특히 이상한 것은 백정이나 역마꾼들이 의자에 걸터앉아 발을 비

> 우상(虞裳)은 일본어 통역관으로 일본에 가는 사신을 따라가 해박한 문장력으로 일본 사람들을 놀라게 하였고, 일본 사람들은 그의 시나 글씨를 보배로 여겼다. 그러나 그는 우리 나라에서는 별로 알려지지 않았다. 문장이 아무리 훌륭해도 그의 신분이 중인이었기 때문이다. 작자는 이 글을 통하여 넌지시 사회 부조리를 풍자하고 일본문화의 한 단면도 알리고자 한 듯하다.
>
> 관백(關白) : 일본 왕을 보좌하는 최고의 행정 수반.
>
> 삼사(三使) : 외국의 사신을 보낼 때 3명을 뽑는데 정사(正使)·부사(副使)·서장관(書狀官)이 그들이다.
>
> 화제(火齊)·말갈(靺鞨)·슬슬(瑟瑟) 구슬 장식 등 장식 재료.

자로 만든 물통에 담그고 꽃무늬 적삼을 입은 아이들에게 그 발을 씻게 하고 있는 것이었다. 이렇게 그들은 겉으로 사치스러운 체하면서 우리를 존경하는 척 했지만 사실은 우리를 경멸하였다. 왜냐하면 통역으로 따라간 우리 나라 사람들이 호랑이나 표범, 담비 가죽과 인삼 등 금수품(禁輸品)을 가지고 가서 그들의 구슬이나 보도(寶刀)와 몰래 교역을 했는데 이익을 챙긴 거간꾼이나 뇌물을 받은 왜놈 외에는 우리 일행을 문화 민족으로 생각지 않았기 때문이다.

당시 우상(虞裳)은 중국어 통역관으로 수행하였는데 독특한 문장으로 일본에서 크게 유명해졌다. 일본의 유명한 중이나 귀족이 "운아 선생(雲我先生, 우상의 호)은 둘도 없는 큰 선비〔國士〕"라고 하였다.

대판(大坂 : 오사카) 동쪽에서는 중이 기생처럼 행동했고 절은 여관과 같은 구실을 하였는데 우리가 가는 곳마다 시문(詩文)을 지어 달라고 졸라대는 것이 마치 노름빚 조르는 듯하였다. 수놓은 종이나 꽃무늬가 있는 두루마리 종이를 책상 위에 쌓아 놓고 어려운 글 제목에다가 다른 글자와 어울리기 힘든 시의 운자를 제시해 놓고 우리 일행을 궁지에 몰아넣으려고 하였다. 그러면 우상은 아무리 갑자기 내놓는 글제에도 마치 미리 써 놓은 글을 외듯 운과 격식에 맞게 거침없이 써 주었다. 아무리 많은 글을 써도 조금도 피로해 하는 기색이 없었으며, 써 준 글은 모두 한 군데도 나무랄 데가 없었다. 그가 쓴 「해람편(海覽篇)」은 다음과 같다.

땅 위의 많은 나라
바둑알이나 별처럼 나열되어 있지.
월(越)나라 사람 북상투 묶고,
인도 사람 까까머리
제(齊)·노(魯) 나라 사람 겨드랑이 유자(儒者) 옷이요,

호맥(胡貊 : 만주) 사람 털로 짠 담요.
어떤 나라는 문명이 발달했고
어떤 나라는 미개하지.
특이한 것끼리 나누고 비슷한 것끼리 모으면
온 세상이 모두 이와 같아라.
일본이란 나라는
물결 속에 펼쳐 있어
우거진 숲은 뽕나무〔搏木〕밭이고
그 다음은 해돋이 나라.
여인들은 수놓아 길쌈하며
땅에서는 귤이 특산품.
특이한 물고기는 문어이고
나무는 소철이라.
진산(鎭山)의 이름은 방전(芳甸 : 후지산인 듯함)인데,
별과 짝이 될 듯 높다랗게 솟아 있다.
이 산을 중심으로 남북의 계절이 다르고
동쪽과 서쪽에서는 밤낮이 구분된다.
중앙은 엎어 놓은 쟁반 같고
패인 곳에는 묵은 눈이 쌓였네.
궁궐을 지을 만한 큰 재목,
까치가 쪼았다는 아름다운 옥돌,
단사(丹砂)와 황금, 주석도
이 산에서 나온다네.
대판은 큰 도시

온갖 보물 많이도 간직했지.
진기한 향료는 용연향(龍涎香)이고
보석으로는 아골(雅骨)이라네.
상아는 코끼리 입에서 뽑아 내고
물소뿔은 물소 머리에서 잘라냈지.
페르시아 오랑캐도 눈이 휘둥그레지고
호사한 중국의 절강시(浙江市)도 무색해지네.
이곳 바다는 육지로 다시 둘러싸여
그곳에는 많은 생물이 자라지.
후(鱟)라는 물고기는 등에 돛을 단 것 같고
추(鰌)라는 물고기 꼬리엔 깃발이 달렸지.
성벽처럼 쌓인 것은 굴 껍데기
희비(囍贔)라는 거북은 굴 속에 사네.
때로는 산호 바다로 변하여
밤이면 밝은 빛이 번쩍이고,
때로는 검푸른 바다로 변해
구름과 놀과 어울려 여러 빛으로 보이네.
때로는 수은(水銀)을 깔아 놓은 바다가 되어
온갖 별이 그 위에 떠 있지.
때로는 커다란 염색 솥이 되어
천 필의 비단을 물들인 듯도 하고
때로는 커다란 용광로 되어
오색 빛깔로 타오르기도 하네.
용의 새끼가 하늘을 가르며 나는가,

번갯불 우레 소리 우르릉거리네.
털새우(髮鰕), 마갑주(馬甲柱)조개,
괴기하고 희한도 하다.
벌거벗고 갓 쓴 백성
겉보기는 독벌레이고 마음속도 전갈 같아.
일을 당하면 요란 떨고
남을 해치는 일에는 교활하지.
이익을 챙기는 데는 물여우요,
조그만 거슬려도 서로 싸우지.
여자들은 익살과 놀이에 힘쓰고
아이들은 행동이 약삭빠르네.
조상을 저버리고 귀신을 믿으며
살생을 좋아하면서 부처에게 아첨하지.
글씨는 괴발개발,
시 읊는 것은 왜가리 우는 소리.
남녀의 짝짓기는 사슴처럼 문란하고
친구들과 사귀기는 물고기들이 무리 짓듯.
말소리는 조잘조잘
통역들도 다 못 듣고
초목의 기괴함은
나함*의 책도 소용없다.
온갖 샘물의 근원을 추척해 보니
역생*은 우물 안 개구리.
물고기 족속의 다양한 모습

> 나함(羅含) 진(晉)나라 사람으로 주부(主簿) 벼슬을 행함. 식물 목록을 쓴 책이 있는 듯함.
>
> 역생(酈生) 역도원(酈道元) 북위(北魏) 사람. 『수경주(水經注)』라는 책에 하천 수계를 기록함.

사급*도 도설을 덮어야겠네.

칼에다 새긴 글자들

정백*도 다시 수정해야겠네.

지구의 여러 지역과

바다에 위치한 섬은

서태(西泰)인 이마두*가

베를 짜듯 칼로 베듯 명료히 해놓았지.

하찮은 이 사람, 이 시를 썼는데

문장은 속되나 뜻은 진실하지.

이웃 나라와 잘 사귀는 것은 국가의 큰 일.

될수록 잘 사귀어 의리를 잃지 말아야 하리.

이렇게 시를 쓴 우상 같은 사람이 우리 나라를 빛낸 명예로운 사람이 아니겠는가?

　만력 임진년(1592년)에 일본의 풍신수길이 예고도 없이 군대를 몰고 우리 나라를 습격하여 도읍지인 서울, 개성, 평양을 짓밟고 우리 나라 사람들의 코와 머리를 베어가는 욕을 보였고 철쭉과 동백을 우리 나라에 심어 놓았다. 그 때 우리 선조(宣祖) 임금은 신의주로 피난하여 머물면서 중국 천자에게 구원병을 청하였다. 당시 중국에서는 구원군을 보내 주었는데, 대장군은 이여송(李如松), 제독은 진린(陣璘)·마귀(麻貴)·유정(劉綎)·양원(楊元)으로 모두 옛날 유명한 장수의 풍모를 갖

사급(思及) 중국 명나라 때 선교사.『사해총설(四海總說)』이라는 책을 지음.

정백(貞白) 남북조 시대 중국의 도홍경(陶弘景).『고금도검록(古今刀劍錄)』이라는 책을 저술함.

이마두(利瑪竇) 이탈리아 사람 마테오리치. 예수교 전도사. 명나라 만력 8년(1580년 선조 13년)중국 광동(廣東)에 들어와서 이름을 이서태(李西泰)로 바꾸고 뒷날 북경에 들어와 천주교 당을 세움. 저서로『건곤체의(乾坤體義)』2권이 있으며 서양의 천문지리학을 우리 나라에 들여왔음.

추고 있었으며, 역시 중국의 어사(御使)인 양호(楊鎬)·만세덕(萬世德)·형개(邢玠) 같은 이는 재능과 문무를 겸비하여 놀라게 할 전략가였다. 또 그들이 인솔하고 온 병사는 진(秦)·봉(鳳)·섬(陝)·절(浙)·운(雲)·등(登)·귀(貴)·내(萊) 같은 지방에서 뽑아 온 사람들로 말을 잘 타고 활 잘 쏘는, 그야말로 정예군들이었다. 대장군의 사병은 천 명이었는데 이들은 유주(幽州)·계주(薊州) 지방의 검객이었으나 갑자기 왜군을 맞이하여 난리를 평정하다 보니, 왜군을 겨우 우리 국경 밖으로 몰아내었을 뿐이다.

그런 일이 있은 뒤 수백 년 동안 우리 나라 특사의 행차가 여러 번 일본의 수도인 강호(江戶 : 현재의 도쿄)에 다녀왔지만 체통을 지키고 임무를 철저히 수행하느라 풍속이나 문화, 지형, 국력 따위는 조금도 알아보지 못한 채 빈손으로 돌아오곤 했다. 그런데 저 우상은 부드러운 털 한 개도 들 수 없을 정도의 약한 기질임에도 불구하고, 자신이 가지고 있는 정력과 문장을 발휘하여 만리나 멀리 떨어진 섬나라 일본의 수도에 가서 나무 하나 시냇물 하나까지도 빠뜨리지 않고 다 기록하여 왔으니, 붓 한 자루로 산과 물을 모두 뽑아 왔다고 해도 과언이 아니다.

우상의 이름은 상조(湘藻)인데 일찍이 자신의 초상화에 이렇게 썼다.

"공봉(供奉) 벼슬을 한, 시인 이태백(李太白)과 업후(鄴侯) 벼슬을 버리고 산 속에 숨어 살던 이필(李泌)과 신선인 철괴(鐵拐)의 장점을 한데 모은 사람이 바로 나, 창기(滄起)인데 앞에 든 옛 시인, 옛 선인, 옛 산인의 성이 모두 나와 같이 이씨였다."

이 글에서 창기는 그의 호다. 대개 선비는 자신을 알아주는 사람을 만나면 뜻을 펼 수 있지만 그렇지 않으면 움츠리게 된다. 저 백로나 원앙새 따위는 하찮은 새짐승이지만 자신의 깃을 사랑하여 물에 비추어 보며 서 있다가 날갯짓을 한 번 하고는 다시 깃을 모은다. 하물며 사람에게 문장이야 그 날갯짓 정도의 아름다움뿐이겠는가?

　옛날 자기 나라의 원수를 갚기 위해 진시황을 암살하려던 자객 경경〔慶卿: 본명은 형가(荊軻)〕은 밤에 칼 쓰는 기술을 가지고 개섭(盖聶)과 논쟁하다가 개섭이 그의 잘못된 점을 호되게 지적하자, 대항하지 않고 말없이 그 자리를 떠나 버렸다. 연(燕)나라에 있을 때는 축(筑)이라는 악기를 잘 다루는 고점리(高漸離)와 저잣거리에서 술을 마신 일이 있었다. 그 때 고점리는 악기를 연주하고 형가는 음악에 따라 노래를 했는데 얼마쯤 뒤에 서로 붙잡고 마구 울었다. 주위에 많은 사람이 있었고 흥이 절정에 달하였는데 그렇게 운 것은 무엇 때문이었을까? 개섭의 검술을 따라가지 못하는 것에 충격을 받아 슬퍼서 그랬을까? 그러나 그들 자신조차도 어떤 마음에서 그랬는지 모를 것이다.

　문장으로 나라를 사랑하는 것을 따질 때 어찌 위에서 예로 든 형가 같은 검사들이 한가지 검술로 나라를 사랑하는 것과 비교할 수 있겠는가? 그렇건만 우상 같은 사람도 자신을 알아주는 때를 만나지 못해 그런가? 그가 쓴 글이 슬픈 것은 무엇 때문인지 모르겠다.

　　닭은 공연히 높은 두건 같은 볏을 가졌고
　　소는 거추장스럽게 큰 자루 같은 멱살을 가졌고
　　집안의 일상적인 물건이야 기이할 것이 없지만
　　더욱 놀랍고 괴이한 것은 낙타의 등이구나.

　이와 같이 그는 자신을 풍자한 시에서 스스로를 남다르게 여겼다. 병들어 죽게 되자 자신의 글을 전부 불살라 버리고 이렇게 말했다.
　"누가 다시 나를 알아줄 것인가?
　옛날 공자는 말하였다.

"재주 있는 사람을 얻기 어렵다더니 어찌 그렇지 않은가? 제(齊)나라를 패국(覇國)으로 만든 관중*이지만 그 그릇됨이 작기도 하구나."

공자의 제자 자공(子貢)이 물었다.

"그렇다면 저는 무슨 그릇입니까?"

공자가 대답했다

"너는 종묘 제사 때 쓰는 호연(瑚璉 : 제사용 그릇)쯤 되겠다."

이는 그를 치켜세우는 것 같지만 그릇이 작음을 말한 것이다. 이런 것을 볼 때에 사람이 쌓은 덕(德)은 그릇에 비유하고 그의 재능은 그 안에 담는 물건에 비유한 것임을 알겠다. 『시경(詩經)』「대아편」에서는,

"아름답기도 하구나, 저 옥으로 만든 잔이여!(瑟彼玉瓚)

그 안에는 그 그릇에 걸맞은 향기로운 술이 담겼다.(黃流在中)"

하였고, 『주역(周易)』「정(鼎)괘」에서는,

"솥의 다리가 부러지니 그 안에 담긴 음식이 쏟아지네(鼎折足覆公餗)" 하였다. 곧 그릇에 해당하는 덕은 있는데 담는 물건인 재주가 없으면 속이 빈 그릇이 되고, 재주는 있는데 덕이 없으면 알맹이를 담을 그릇이 없다. 그래서 그릇이 얕으면 넘치기 쉽다. 인간은 하늘과 땅과 함께 3재(三才)를 이루었는데 그렇다면 천·지·인(天地人)의 귀신은 재(才)이고, 하늘과 땅은 커다란 그릇이란 말인가? 옛말에 "너무 깨끗한 자에게는 복(福)이 붙지 않고, 정상(情狀)을 너무 잘 알면 사람이 따르지 않는다."고 했다. 그런데 문장(文章)이란 것은 이 세상에서 지극히 훌륭한 보물로, 심오한 기틀 속에 깊숙이 감추어진 알맹이를 찾아내고 형체가 없는 곳에 숨어 있는 진리를 찾아낸다.—『주역』에서 양의(兩儀)와 사상(四象)과 팔괘(八卦) 같은 문장을 가지고—음과 양으로 구성된 자연의 기밀을 누설

관중(管仲) 중국 춘추전국 시대 제나라의 재상. 환공(桓公)을 섬겨 나라를 패국으로 만듦. 포숙아(鮑叔牙)와 우의가 깊어 관포지교(管鮑之交)라는 고사성어가 생김.

하게 되니 귀신이 성을 내는 것이다. 나무(木)가 재능(才)을 가지게 되면 재목(材)으로 가치가 있게 되어 사람들이 베어 가려고 한다. 또 조개(貝 : 옛날 화폐)가 재질(才)을 갖추면 재물(財)이 되어 사람들이 가지려고 한다. 그래서 글자의 구조를 보면 '재주 재(才)' 자의 삐침이 안으로 뻗었고 밖으로 드러나지 않았다.

우상이란 사람은 역관(譯官)이다. 우리 나라에 살고 있을 때에는 명성이 마을 바깥에도 알려지지 않았고 조정에 있는 관리는 그의 얼굴도 알지 못했다. 그런데 하루아침에 그의 이름이 바다 건너 만리 타국에 진동하여, 몸은 고래나 용과 같은 일본 고관의 집을 들썩이게 하였고 솜씨는 해와 달처럼 환하게 비추도록 하였으며, 기세는 무지개와 신기루를 무색하게 했다. 『주역』에 이르기를 "허술하게 감추는 것은 도둑에게 가져 가라고 가르쳐 주는 것이다." 하였고, 『장자(莊子)』에서는 "물고기는 연못을 떠나서는 안 되고 국가의 이기(利器 : 권력)는 함부로 가볍게 보여 주어서는 안 된다."고 하였으니 경계하지 않아서 되겠는가? 그가 승본해(勝本海)라는 바다를 지나면서 시를 지었는데 다음과 같다.

  맨발로 다니는 오랑캐들 도깨비 모양이고
  오리 빛깔 도포 등에 별과 달을 그렸다.
  꽃무늬 옷 입은 여인 문 밖으로 달려나오고
  빗다 만 듯한 머리카락은 상투처럼 보인다.
  어린아이 보채니 유모가 젖먹이고
  그 어미는 손바닥으로 아이 등을 어루만진다.
  갑자기 북소리 나며 사절행차 들어오자
  사람들 모여들어 산 부처 보듯 하네.
  왜놈관리 꿇어 엎드려 보물을 바치는데

산호와 큰 자개(貝) 소반에 담겨 있다.
벙어리처럼 말 안 통하는 나그네와 주인
눈으로 말하고 붓으로 대화한다.
오랑캐들 관청에도 정원 꾸미는 취미 있어
종려나무 푸른 귤 뜰 안에 가득하다.

우상은 치질로 배 안에 누워 매남노사*의 말을 생각하며 시를 썼다.

공자의 도덕과 석가모니의 종교는
세상을 다스리는 해와 달인걸.
서양 선비 일찍이 오인도(五印度)에 들어왔는데
예나 지금이나 부처는 없다고 했다.
유교의 신봉자 중 비천한 장사치가
붓으로 글씨를 써서 신에 대해 이야기한다.
머리털 헤치고 뿔난 갓 쓰고는 지옥에 떨어지니
살았을 때 사람을 속인 벌이라.
독기 품은 불꽃이 일본까지 뻗쳤다고 하여
수많은 절이 도시와 시골에 세워지고
섬나라 사람들 내세를 기원하려
쉴새없이 향불 피우고 쌀을 바친다네.
자기의 자식이 남의 자식 해쳐 놓고
남의 부모 모신다고 그 부모 기뻐하랴?
유교의 육경*은 하늘에 뜬 해 같은데
이 나라 사람들은 모두가 까막눈.

매남노사(梅南老師) 우상의 스승. 혜환(惠寰) 이용휴(李用休)의 별호.
육경(六經) 유교의 여섯 가지 경전. 『시경』, 『서경』, 『역경(주역)』, 『예기』, 『춘추』, 『악기』를 말함.

해가 뜨고 지는 곳은 다를 리가 없는 것,

이치에 순종하면 성인 되고 배반하면 악한 사람.

우리 스승 나에게 이 사실 알리라기에

이 시로 사람들에게 알리는 목탁 삼으련다.

여기 소개한 시는 모두 세상에 전할 만한 훌륭한 작품이어서 그가 지나간 숙소를 돌아올 때에 다시 들르니 모두 인쇄되어 있다고 하였다.

나와 우상은 한 번도 서로 만나지 못했지만 그는 몇 번 심부름꾼을 시켜서 자신의 시를 보내며 일렀다.

"오직 당신만이 나를 알아줄 수 있을 것이오."

그러나 나는 심부름꾼에게 농담으로 이렇게 일러 보냈다.

"오(吳)나라 사람*이 지은 하찮은 시는 별로 보배로울 게 없다오."

이 말을 들은 우상은 성이 나서 말을 전해 왔다.

"이놈이 남의 성질을 돋우네."

그리고 얼마 있다가 탄식하였다.

"내 어찌 이 세상에 오래 살 수 있으랴."

그러고는 두어 줄기 눈물을 흘렸다고 했다. 나도 그 말을 듣고 슬퍼하였는데 얼마 안 되어 우상은 겨우 스물일곱의 나이로 죽었다고 한다. 그 집안 사람의 꿈에 신선이 술에 취해 푸른 고래를 타고 가는데 검은 구름이 자욱하게 깔려 있고 우상이 머리카락을 헤친 채로 그 뒤를 따랐다고 한다. 그런 일이 있은 뒤 얼마 안 되어 우상이 죽었는데 사람들은 그가 신선이 되어 올라갔다고 했다.

안타까운 것은 내가 일찍이 그의 재주를 사랑하였지만 그의 기를 꺾은 것은 우상의 나이가 아직 어리므로 겸손한 마음으로 도를 닦는

※ 여기서 오나라는 남쪽 지방으로 옛날 오나라 사람들이 글에 수식과 기교를 많이 부렸다.

다면 글이 후세에 전할 수 있을 것이라고 생각해서였다. 그런데 지금 생각하니 우상은 나의 마음을 모르고 무척 서운해 했을 것이다.

우상의 죽음을 애도한 만사(輓辭)가 몇 편 있어서 여기에 소개한다. 첫째 만사에 쓰인 내용이다.

오색 빛깔 영롱한 이상한 새
지붕 꼭대기에 모여들었지.
많은 사람들 몰려와 보다가
깜짝 깨어 보니 간 곳이 없네.

다음은 두 번째 만사다.

까닭 없이 천금을 얻으면
그 집에는 반드시 재앙이 오지.
하물며 세상에 드문 보배인 이 사람.
어찌 오래 살 수 있었으랴?

다음은 세 번째 만사다.

하찮은 필부라도
죽고 나면 빈 자리를 깨닫는 걸,
이 어찌 세상 살아가는 도리가 아니랴?
사람이 많기야 쏟아지는 빗방울 같지만.

또 이렇게도 노래를 불렀다.

그 사람 간담은 박과 같이 크고
그 사람 눈은 달과 같이 밝으며
그 사람 팔 힘은 귀신의 힘이며
그 사람 붓글씨는 말하듯 잘도 썼지.

또 이렇게 썼다.

사람은 자식으로 대물림하는데
우상은 자식에게 전하지 않았지.
사람의 목숨은 다할 때가 있지만
훌륭한 명예야 끝없이 오래가는 걸.

  나는 그 우상을 보지 못한 것을 늘 한탄하고 그의 문장이 다 불에 타 세상에 남지 않은 것을 더욱 안타깝게 생각한다. 상자 속에 오랫동안 감추어 둔 두어 편의 글을 찾아냈는데 이것은 그가 얼마 전에 나에게 보여 준 글들이다. 이것을 책으로 묶어 후세에 전하려고 한다.

―『연암집』

호질(虎叱) · 박지원

호랑이는 성스러우며 문무를 겸비했고 인자하고 효성스럽다. 그 용맹이 대적할 수 없지만 비위(狒胃)는 호랑이를 잡아먹고, 죽우(竹牛)도 호랑이를 잡아먹고, 박(駮)도 호랑이를 잡아먹고, 오색사자(五色獅子)는 호랑이를 큰 나무 구멍에서 잡아먹고, 자백(玆白)도 호랑이를 잡아먹고, 표견(黝犬)은 날면서 호랑이나 표범을 잡아먹고, 황요(黃要)는 호랑이나 표범의 심장을 꺼내어 먹고, 활(猾)은 뼈가 없어서 호랑이나 표범에게 잡아먹혔다가 뱃속에서 호랑이나 표범의 간을 먹고, 추이(酋耳)는 호랑이를 찢어서 씹어먹는다. 호랑이는 맹용(猛庸)을 만나면 눈을 감아 버리고 바라보지도 못하는데 사람은 그 맹용을 두려워하지 않으니 호랑이는 그 위엄이 무서워서 그런가? 호랑이가 개를 잡아먹으면 취하지만 사람을 잡아먹으면 신(神)이 된다. 호랑이가 사람을 한 번 잡아먹으면 굴각(屈閣)이라는 창귀(倀鬼)가 되어 호랑이의 겨드랑이에 붙어 있으면서 호랑이를 부엌으로 인도하여 솥귀를 핥게 하면 주인이 배고픔을 느끼고 아내를 시켜 밥을 짓게 한다. 호랑이가 두 번째 사람을 잡아먹으면 이올(彛兀)이라는 창귀가 되어 호랑이의 광대뼈에 붙어서 호랑이에게 높은 데 올라서서 사냥꾼을 망보다가 골짜기에 함정이나 활을 설치해 놓으면 먼저 가서 그 기구를 못 쓰게 풀어 놓는다. 호랑이가 세 번째 사람을 잡아 먹으면 육혼(鬻渾)이라는 창귀가 되는데 이 놈은 호랑이의 턱에 붙어 있다가 그가 아는 친구의 이름을 많이 알려준다. 이 날도 호랑이가 창귀들을 불러 말했다.

"해가 저물려고 하는데 무엇을 먹으면 되느냐?"

굴각이 대답하였다.

이 글은 1780년(정조 4년) 7월 28일 연암 박지원이 쓴 중국 기행문 『열하일기』 중에서 옥전현(玉田縣)을 지나다가 어느 점포의 벽에 걸려 있는 글을 베껴 온 것으로 설화 문학 중 민담에 속한다. 주위의 존경을 받는 유학자와 정절부인으로 알려진 여인의 불륜의 여인의 아들에게 발각되어, 유학자가 도망치던 도중 통똥에 빠져 호랑이에게 야단맞는다는 내용으로 풍자와 해학이 가득하다.

"내가 미리 점을 치니 뿔 달린 놈도 아니고 날개 달린 놈도 아닌, 머리가 검은 놈입니다. 눈 위에 발자국이 비뚤비뚤 듬성듬성 났으며 꼬리가 머리에 붙어 있어서 꽁무니를 감추지 않았습니다."

그 때 이올이 말했다.

"동문에 가면 먹을 것이 있는데 이름은 의원이라고 합니다. 입으로 백 가지 풀을 맛보아 그 고기가 향내가 납니다. 서문에도 먹을 것이 있는데 무당이라고 합니다. 이놈은 백 가지 귀신에게 아첨하여 날마다 목욕하고 몸을 깨끗이 씻습니다. 바라건대 이 두 놈 중에 하나를 고르십시오."

호랑이가 수염을 쓰다듬으며 거만한 얼굴로 말했다.

"의원의 의(醫) 자는 의심난다는 뜻의 의(疑) 자와 같다. 자기가 의심나는 것을 가지고 사람들에게 시험을 해서 해마다 수만 명씩을 죽인다. 무당의 무(巫) 자는 속인다는 뜻의 무(誣) 자와 음이 같다. 귀신이라고 속이고 백성을 혹하여 해마다 그렇게 속여 죽게 하는 사람이 수만 명이나 된다. 여러 사람의 성냄이 골수에 들어가서 금잠(金蠶)이라는 독이 되니 먹을 수 없다."

육혼이 말했다.

"저기 선비라고 부르는 고기가 유림(儒林)이라는 숲 속에 있는데 인자한 마음을 가진 간과 의기로운 담(膽)을 가졌으며, 충절을 안고 고결한 지조를 지녔으며, 음악을 연주하고 예의를 실천하며, 입으로는 온갖 학자의 학설을 외고 마음속으로는 만물의 이치를 통달했으니, 이름하여 덕이 높은 선비라고 합니다. 등덜미가 두둑하고 몸이 살진데다가 오미(五味)를 갖추었습니다."

호랑이가 눈썹을 치키고 침을 흘리며 하늘을 우러러보고 웃었다.

"내가 누구의 말을 자세히 들어야 할까?"

창귀들이 호랑이에게 교대로 추천하였다.

"이 세상 이치를 음(陰)과 양(陽)으로 나누어 도(道)라고 하는데 이것을 선비들이 한데로 꿰어서 묶고, 금·목·수·화·토(金木水火土) 오행(五行)이 서로 생겨나게 한다든가 음·양·풍·우·회·명(陰陽風雨晦明) 등의 육기(六氣)를 서로 화합하게 하는데 선비들이 그것을 인도하여 주니, 맛좋은 먹을거리로는 이것보다 좋은 것이 없습니다."

호랑이가 슬픈 얼굴로 말했다.

"음과 양은 한 가지 기운에서 나왔는데 그들은 그것을 둘로 나누었으니 그 고기는 순수하지 못하고 잡스러울 것이다. 오행도 각기 자기 위치가 정해져 있어서, 애초부터 어느 것이 어느 것을 생겨나게 하는 것이 아닌데, 그들이 억지로 그것을 서로 생겨나게 한 어미와 생겨난 자식으로 분리해서 짜고 신 맛 같은 것까지도 오행으로 나누어 놓았으니 그 맛은 순수하지 못할 것이다. 육기도 자기 스스로 운행하는 것이지 화합하여 이끌어 주는 것이 아닌데, 그들은 요망스럽게도 '천지의 도리를 성취시켜 합리적으로 되도록 도와 준다(財成輔相)'고 하며 사사로이 자기의 공을 나타내려 하니, 그놈을 먹게 되면 딱딱해서 목이 막히거나 구역질이 나서 소화가 잘 안 되지 않겠는가?"

정(鄭)이라는 고을에 자잘하게 벼슬 따위는 안 한다고 하는 선비가 살았는데, 다들 북곽 선생(北郭先生)이라고 불렀다. 나이 마흔 살에 만 권의 책을 교정 보았고 구경*의 뜻을 덧붙여 설명하였고, 만오천 권을 저술하였다. 천자(天子)는 그 의리를 가상히 여기고, 제후들은 그의 명성을 사모하였다. 고을 동쪽 마을에 젊고 아름다운 과부가 살았는데 동리자(東里子)라고 했다. 천자는 그 여자의 절개를 아름답게 여겼고 제후는 그녀의 현숙함을 사모했다. 그래서 천자는 그 고을 주위 두어 마장〔里〕을 '동리과부의 마을(東里寡婦之閭)'이라 부르게 했다.

동리자는 절개가 굳다고 알려졌으나 그 아들 다섯 명이 모두 성

* 구경(九經) : 『맹자』, 『주역』, 『시경』, 『서경』, 『주례』를 가리킴. 『춘추좌씨전』, 『예기』, 『효경』, 『논어』

이 달랐다. 어느 날 다섯 아들이 모여 노래하듯 중얼거렸다.

   물 건너 북쪽에서 닭이 울고(水北鷄鳴)
   물 건너 남쪽에 새벽별이 솟았는데(水南明星)
   방안에서 들려오는 소리(室中有聲)
   어쩌면 북곽 선생 목소리와 꼭 같구나.(何其甚似北郭先生也)

다섯 형제는 문구멍을 뚫고 교대로 방안을 엿보았는데, 그 때 동리자가 북곽 선생에게 말했다.
"오래전부터 선생님의 덕을 사모하였습니다. 오늘 저녁에는 선생님의 책 읽는 소리를 듣고 싶습니다."
북곽 선생이 옷깃을 정돈하고 무릎을 꿇고 앉아서 시를 읊었다.

   원앙새 병풍 안에서 노니는데(鴛鴦在屛)
   깜빡이며 나는 반딧불.(耿耿流螢)
   보통 솥도 있고 발 달린 솥*도 있는데(維鬻維錡)
   무엇을 본떠 그 모양을 만들었는가?(云誰之型)
   흥이로다!(興也)

이것은 자기의 뜻을 풍자적으로 표현하기 위한 흥(興)이었다. 다섯 아들이 서로 돌아보며 말했다.
"『예기(禮記)』에 이르기를 과부 집에는 함부로 들어가지 않는다고 하였다. 북곽 선생은 훌륭한 사람이다. 그러니 저 사람은 북곽 선생이 아니다. 내가 듣기에는 이 고을의 성문이 허물어져서 여우가 구덩이를

---

* 발 달린 솥: 성이 다른 자식들을 빗댄 말.

파고 산다고 하더군. 여우가 천년을 묵으면 사람 모양으로 바뀐다고 하더니 저것이 북곽 선생으로 둔갑한 여우가 아니겠나?"

그러고는 서로 계획을 짰다.

"내 듣자니 여우 감투를 얻으면 천금을 가질 수 있는 부자가 되고, 여우의 신발을 얻은 자는 대낮에도 모습을 숨길 수가 있고, 여우 꼬리를 얻은 자는 남에게 잘 보여 그 사람을 기쁘게 해준다고 한다. 그러니 우리 저 여우를 죽여서 나누어 가지는 것이 어떻겠나?"

다섯 아들은 방을 둘러싸고 공격하였다. 북곽 선생은 크게 놀라 도망을 쳤는데, 남이 자기를 알아볼까 두려워 다리를 올려 목 뒤에 걸치고 귀신처럼 춤추고 웃으며 문을 빠져 나와, 팔딱팔딱 뛰어 도망가다가 들판에 파놓은 구덩이 속에 빠졌다. 그 구덩이에는 똥이 가득 차 있었다. 간신히 둑을 붙잡고 밖을 나오려다가 바라보니 호랑이 한 마리가 마침 길을 막고 있었다. 호랑이는 이마를 찌푸리며 구역질을 하고 코를 막은 뒤에 머리를 왼편으로 돌리며 말했다.

"네가 선비라는 자인가? 냄새가 지독하구나."

북곽 선생이 엉금엉금 기어 앞으로 나아가 세 번 절하고 꿇어앉아 말했다.

"호랑이의 덕은 참으로 훌륭하기도 하지요. 위대한 사람은 호랑이의 변화를 본받고, 임금은 그 위풍당당한 걸음을 배우며, 남의 자식된 자는 그 효성을 배우고, 장수는 그 위엄을 취한답니다. 호랑이의 명성은 용과 짝을 이루어, 호랑이는 바람을 일으키고 용은 구름을 만들지요. 나와 같이 이 땅에 사는 천한 사람은 감히 호랑이의 그늘에서 은혜를 받고자 합니다."

호랑이가 나무랐다.

"내 앞에 가까이 오지 마라. 지난번에 듣자니, '선비 유(儒)' 자는 음이 같은 '아첨할 유(諛)' 자를 닮아 아첨한다고 하더니, 과연 그렇구나. 네가 평소에는 이 세상에서 가장 나쁜 악명을 나에게 덮어씌우더니 이제 급하니까 얼굴을 맞

대고 낯간지럽게 아첨하니 누가 그것을 믿겠느냐? 이 세상의 본성은 한 가지다. 만일 호랑이의 성품이 참으로 악하다면 사람의 성품도 악할 것이다. 반대로 사람의 성품이 착하다면 호랑이의 성품도 착한 법이다. 네가 평소에 하는 천만 가지 말은 오상*에 벗어나지 않고 남에게 권유하고 남을 훈계하는 말도 늘 사강*에 있었지만, 사람이 많이 사는 도시나 고을에서 형벌을 받아 코가 없어졌다든지 발꿈치를 베였다든지 얼굴에 먹물 문신을 하고 다니는 자는 모두 오상을 따르지 않은 사람이다. 게다가 이러한 형벌을 시행하는 데 필요한 먹물이나 도끼, 톱 같은 것이 부족할 정도로 악한 일은 끝나지 않는다. 그런데 우리 호랑이 세계에는 이러한 형벌이 없다. 이것으로 보면 호랑이가 사람보다 착하지 않은가? 우리 호랑이는 풀이나 나무를 먹지 않고, 벌레나 물고기도 먹지 않으며, 술과 같이 질서를 문란하게 하는 음식도 먹지 않으며, 자질구레한 것은 굴복시키려 하지 않는다. 산에 들어가면 노루나 사슴을 사냥하고 들에 내려가면 소나 말을 잡아먹는데 우리는 아직까지 먹는 것 때문에 죄지을 만한 일은 하지 않았고, 음식물을 가지고 관청에 소송해 본 일도 없다. 이러니 호랑이의 도리가 광명 정대하지 않은가? 사슴이나 노루를 잡아먹으면 너희는 호랑이를 욕하지 않지만 말이나 소를 잡아먹으면 원수라고 말한다. 이는 사슴이나 노루는 사람에게 은혜를 베풀지 못하지만 말이나 소는 너희에게 공이 있기 때문이 아니겠느냐? 그런데 너희는 말이나 소가 태워 주는 수고와 충성하는 은혜를 저버리고, 날마다 그들을 도살하여 푸줏간을 채우고 뿔이나 말 갈기 같은 것도 하나도 버리지 않고 다 빼앗는다. 그래도 부족하여 다시 우리의 먹잇감인 사슴이나 노루를 잡아서 산에 있는 우리 양식을 모자라게 하며 들에서도 먹이를 없애 버린다. 그러니 하늘에 공평한 처리를 부탁한다면 내가 너를 잡아먹는 것이 공

> 오상(五常) 부자유친(父子有親), 군신유의(君臣有義), 부부유별(夫婦有別), 장유유서(長幼有序), 붕우유신(朋友有信)을 가리킴.
>
> 사강(四綱) 예(禮), 의(義), 염(廉), 치(恥) 네 가지를 가리킴.

평한가 아니면 놓아 주는 것이 공평한가? 대개 제 물건이 아닌 것을 가져 가는 이를 도둑이라 하고, 생명을 해치고 물건을 강제로 빼앗는 이를 도적이라고 한다. 너희는 낮이나 밤이나 바쁘게 다니며 팔을 걷어붙이고 눈을 부릅뜬 채 남의 물건을 함부로 빼앗으면서도 부끄러운 줄을 모른다. 그 중에 심한 자는 돈을 보고 형(孔方兄)이라고 하기도 하고 또 어떤 자(전국시대의 오기(吳起))는 자기 아내를 죽여서까지 장수가 되려 한다. 이런 자들과 함께 오륜이니 오상이니 하는 도리를 의논할 수가 없다. 게다가 메뚜기의 양식을 빼앗고 누에의 옷을 빼앗아 입으며 벌을 제압하여 단 꿀을 빼앗아 먹으며, 개미의 알로 젓을 담가 제사 음식으로 쓰기도 하니, 잔인하고 야박하기가 너희보다 더한 자가 누가 있단 말이냐? 너희는 이치를 이야기하고 성품을 의논하면서 무슨 일에나 하늘을 핑계로 말하지만, 하늘의 운명으로 볼 것 같으면 호랑이나 사람은 물질로 보아 똑같다. 하늘이 물건을 만들어 내는데 거기에 대한 사랑으로 의논해 본다면, 호랑이나 메뚜기나 누에나 벌이나 개미도 사람과 같이 동물이므로 서로 빼앗고 정복해서는 안 될 것이다. 또 그들의 선악을 따져 본다면 벌이나 개미집을 뒤져서 빼앗아 오는 것으로 볼 때 사람이 이 세상에서 가장 큰 도둑이 아닌가? 메뚜기나 누에를 죽이고 그들의 밑천을 강탈해 오니 이 세상에서 가장 큰 도적이 아닌가? 호랑이가 일찍이 표범을 잡아먹지 못하는 것은 자신과 같은 무리를 차마 희생시킬 수 없어서다. 그런데 호랑이가 잡아먹는 사슴과 노루는 사람이 잡아먹는 것만큼 많지 않다. 또 호랑이가 잡아먹은 말이 사람이 잡아먹은 것보다 훨씬 적다. 호랑이가 사람을 잡아먹은 수는 사람이 서로 잡아먹은 것에 비하면 훨씬 적다. 지난해 관중(關中 : 중국의 지명)에 큰 가뭄이 들자 백성들이 자기들끼리 서로 잡아먹은 수가 수만 명이었고, 그 전해에는 산동(山東) 지방에 큰 홍수가 나서 백성들끼리 서로 잡아먹은 수가 수만 명에 달했다. 그러나 따져 보면 그들끼리 서로 잡아먹은 수는 저 춘추전국 시대에 비하면 아무것도 아니다. 춘추전국 시대에는 덕이나 정의를 세우기 위해 일으킨 전쟁이 열일곱 번이고, 원수를 갚기 위한 전쟁이 서른 번이니, 그들이 흘린 피가 천 리나 흘렀고 시체가 백만 명이었다. 그러나 우리 호랑이의 집이야 홍수나 가뭄의 피해를 모르니 하늘을 원망할 필요가 없고, 원수나 은혜를 모르니 다른 것에 거스를 만한 일이 없다. 운명을 알아 순리대로 사니 무당이나 의원의 간교함에 유혹당하지도 않고, 자기 모양대로 살고 타고난 성품에 충실하니 세속의 이익에 병들지 않는다. 이것이 호랑이가 슬기롭고 성스럽다고 하는 까닭이다. 호랑이의 무늬 한 가지만 보더라도 족히 온 세상의 무늬를 보여 주는 데 충분하고, 작은 무기 하나 없어도 날카로운 발톱과 어금니로 온 세상에 위엄을 날린다. 종묘 제기나 술잔에 호랑이 무늬를 넣은 것은 효도를 세상에 널리 펴기 위함이요, 하루 한 번씩 사냥을 하여 까마귀나 솔개, 개미들과 그 먹이를 나누어 가지는 것은 헤아릴 수 없는 인자함이요, 아첨하는 자를 잡아먹지 않고 몹쓸 병이 든 자를 잡아먹지 않으며 상주(喪主)도 잡아먹지 않으니 의로움을 이루 다 말할 수 없다. 참으로 치사하구나, 너희 잡아먹는 행동들이여. 덫이나 함정을 놓는 것도 부족해서 새 그물, 노루 그물, 큰 그물, 삼태 그물, 물고기 그물, 수레 그물 등을 놓으니 이는 온 세상에 화를 퍼뜨린 자 가운데 우두머리이다. 그리고 쇠꼬챙이, 양날창, 팔모창, 도끼, 세모창, 긴창, 투구, 가마솥 등과 돌로 만든 탄환을 발사하여 그 소리가 산이 무너지는 듯하고 그 불꽃은 음양의 이치를 파괴할 듯하고 폭음은 천둥 소리 같다. 그래도 부족하여 부드러운 털을 빨아 가지고 아교풀에 붙여 날카로운 모양을 만들되 마치 대추씨처럼 만드니 길이가 한 치가 안 되지만 오징어가 쏜 먹물에 담갔다가 가로세로로 찌르고 치고 하니 이것은 칼같이 날카로운 놈, 창같이 갈라진 놈, 화살같이 곧은 놈, 활처럼 굽은 놈들이다. 이것들이 한번 발동하면 온갖 귀신이 밤에 나와 울 정도로 가혹하니 사람들끼리 서로 못살게 하는 괴로움보다 더 큰 것이 있겠는가?"

북곽 선생이 양심에 찔려서 자리에서 일어났다가 다시 머리를 구부려 두 번 절한 뒤에 머리를 조아리고 이렇게 말했다.
　　"맹자가 말하기를 아무리 몹쓸 사람이라도 목욕하고 마음을 깨끗이 하면 하늘도 섬길 수 있다고 했습니다. 이 땅에 사는 하찮은 선비가 감히 당신의 가르침을 받겠습니다."
　　그러고는 숨을 죽이고 가만히 들었으나 아무 소리도 나지 않았다. 그는 황공한 마음으로 다시 절하고 우러러보니 동쪽 하늘이 밝아 오고 호랑이는 이미 어디론가 가버렸다. 그 때 밭을 갈러 가던 농부가 이상스럽다는 표정으로 물었다.
　　"선생님, 어쩐 일로 이렇게 이른 아침에 들에 나와 절을 하시오?"
　　북곽 선생이 얼른 변명하였다.
　　"『시경(詩經)』에 이르기를, '하늘이 아무리 높다고 해도 머리를 구부리지 않으면 안 되고, 땅이 아무리 두꺼워도 자신을 낮추지 않으면 안 된다.' 하였네."

　　연암씨(燕巖氏)는 말한다.
　　이 글에 작자의 성명은 없지만 아마 근래 중국 사람이 청나라 황제에 대한 분하고 원통한 마음으로 지은 듯하다. 세상의 운명이 깜깜한 어둠 속으로 빠져들고 오랑캐(만주족)가 침략한 재앙이 맹수에게 당한 것보다 더 큰데도 부끄러움을 모르는 선비들은 지식이나 문장으로 권력자에게 아부하니, 선비라는 자들은 나의 무덤이나 파는 여우 같아서 늑대도 안 물어 간다는 말이 있지 않은가? 지금 그들의 글을 읽어 보면 이치에 어긋나는 말이 많아서 『장자』의 편명인 거협(胠篋)이나 도척(盜跖)의 이야기와 같다고 하겠다. 그러나 뜻있는 선비들이 어찌 하루라도 중국의 처지를 잊을 수 있겠는가? 지금 청(淸)나라가 중국을 통치한 지 4대가 되었지만 황제들은 모두 문무를 겸했고 오래 살았으며 지난 백 년 동안 세상이 편안하였으니, 지금까지 잘 다스려졌다고 알려진 한(漢)과 당

(唐) 시대에도 없던 바다. 이렇게 나라를 편하게 안정시키고 건설해 나가는 것을 보면 이 역시 하늘에서 내려 준 통치자다. 옛날 맹자의 제자 만장(萬章)이, 하늘이 순순히 명령을 내린다고 한 말에 의심이 나서 맹자에게 묻자 맹자는 하늘의 명령을 체득한다는 뜻으로 대답하기를, "하늘은 제사를 흠향하는 행동과 백성이 따르는 일로 보여 준다."고 하였다. 나는 『맹자』에서 이 부분이 가장 의문스러워 감히 이렇게 묻고 싶다.

"흠향이나 일로써 보여 준다고 하였는데 만일 그렇다면 오랑캐가 중국을 정복한 것은 중국으로서는 가장 큰 치욕이니, 중국 백성들의 원통함과 억울함은 어떠하겠습니까? 하기야 하늘이나 종묘에 제사지낼 때 청나라의 향불이나 제물은 전통적인 중국의 것과는 다를 터인데 온갖 신이 그것을 흠향하기 싫어하지 않았겠습니까?"

사람이 사는 지역에 따라 본다면 중국과 오랑캐가 확실히 구분되겠지만 하늘이 명령한 바로 본다면 은(殷)나라의 우관(吁冠)이나 주(周)나라의 면류관(冕旒冠)이 각기 그 시대의 제도를 따른 것인데, 하필 청나라의 홍모(紅帽)를 의심할 필요가 있겠는가? 그래서 하늘이 나라의 운명을 정해 주고 많은 백성이 정해 준 제왕을 따른다는 학설이 그 사이에 행하여지고, 사람과 하늘이 함께 제왕을 정하여 준다는 이치는 도리어 한 걸음 물러나 운기(運氣)에 맞추게 되었나 보다. 저 옛날 성인들이 한 말에 부합하지 않으면 그만 천지의 기수(氣數)가 그렇다고 해 버리는 것이다. 아하, 천지의 기수가 참으로 이런 것이겠는가? 명(明)나라의 운기는 이미 끝나 버렸고 중국의 선비들은 청나라 방식대로 머리 모양을 바꾼 지가 백 년이 되었다. 그러나 그들은 꿈속에서도 가슴을 치며 명나라를 생각하니 이는 무엇 때문인가? 중국을 차마 잊지 못하기 때문이다. 한편 청나라에서 볼 때에도 자기들의 계획이 허술한 데가 있다 하겠다. 이전 시대[몽고 : 원(元)] 오랑캐로서 중국을 통치한 자들이 말년에 중국 제도를 본받다가 쇠퇴

한 것을 보고 이를 경계하기 위하여 억지로 철비*를 만들어 전정(箭亭 : 자금성 앞의 활터)에 세웠지만 자신들의 옷이나 모자 같은 제도를 부끄러워하지 않은 때가 없다. 그러면서도 오히려 힘으로 애써 지키려고 하니 얼마나 어리석은가? 옛날 주나라 문왕의 원대한 계획과 무왕의 열성으로도 마지막 임금의 쇠퇴함을 구해 내지 못하였는데 그 하찮은 의관이나 제도를 강조하니 얼마나 어리석은 일인가? 의복이나 모자가 그들 말대로 전쟁하는 데 편리하다면 옛날 서북쪽 오랑캐인 몽고의 복장은 전쟁에 편리하지 않아서 중국의 제도를 따랐겠는가? 그들의 힘은 서북쪽 오랑캐들에게 도리어 중국의 옛 풍속을 따르게 한 뒤에 비로소 이 세상에서 가장 강해졌다. 지금 청나라는 온 세상을 욕된 구렁텅이에 몰아넣고 호령하기를, "너희는 우선 모욕을 참고 우리를 따라야 강해진다."고 한다. 나는 그들이 말하는 강하다는 말이 저 새로운 도시나 나무 울창한 숲 속에서 전한(前漢) 시대의 적미적(赤眉賊)처럼 눈썹을 붉게 물들인다든가 동한(東漢) 시대의 황건적(黃巾賊)처럼 두건을 누렇게 해야 된다는 뜻인지 모르겠다. 가령 어리석은 백성이 한꺼번에 일어나서 청나라가 씌워 준 모자를 벗어 땅에 팽개친다고 하면 청나라 황제는 앉아서 자기들이 이룩한 나라를 잃어버리고 말 것이다. 그러니 조금 전까지 스스로 믿은 강국으로 만드는 방법은 도리어 나라를 망하게 하는 방법이 될 것이다. 또 그들이 비석을 세워서 훗날 교훈으로 삼으려던 것이 너무 지나치다고 하지 않겠는가? 이 작품을 본래 제목이 없는데 나는 이 작품 속에 나오는 호랑이의 나무람이라는 뜻의 한자 '호질(虎叱)' 두 자를 따서 제목으로 삼았다. 그리고 중국이 평정될 날을 기다리기로 한다.

　　　　　　　　　　　　　　　　　　　　　—『연암집』

* 철비(鐵碑) 청나라 건융제가 유지를 내려 "우리 황손은 옛 만주 제도를 지키고 만주어를 익히는 데 게을리하지 마라."하였는데 이것을 비에 새겨 자금성 앞의 전정과 자광각(紫光閣)과 팔기교방(八旗敎坊)에 세움. 출전 『흠정대청회전칙례』

허생전(許生傳) · 박지원

　허생(許生)은 묵적동에 살았다. 집은 남산 밑에 있었는데 집 앞에 우물이 있고 우물가에는 오래된 살구나무가 한 그루 서 있어서 사립문이 늘 그 살구나무를 향해 열려 있었다. 집은 두어 칸짜리 초가였는데 비바람도 가리지 못할 만큼 낡고 허름하였다. 허생은 늘 책만 읽고 아내는 남의 집 삯바느질을 하여 겨우 입에 풀칠을 하고 살았다.

　어느 날 아내가 굶주림을 견디다 못해 허생에게 울면서 호소하였다.

　"당신은 평생 책만 읽고 과거도 보러 가지 않으니 도대체 어찌하려고 그러시오?"

　허생이 웃으며 말했다.

　"아직 공부가 미숙하여 그렇소."

　아내는 다시 반론하였다.

　"그러면 생필품을 만드는 기술자나 되시오."

　"그건 배우지 못했으니 어떻게 한단 말이오."

　"그럼 장사라도 해보시오."

　"장사도 밑천이 있어야 할 게 아니오?"

　그러자 아내가 화를 내며 말했다.

　"밤낮 책만 읽어서 무엇에 쓴단 말이오. 기술도 없고 장사도 못할 바엔 차라리 도둑질이나 하시오."

　허생은 마침내 읽던 책을 덮어 버리고 자리를 박차고 일어섰다.

　"애석하지만 어쩔 수 없구나. 그 동안 꼭 십 년을 목표로 책을 읽으려고 했는데 지금까지 칠 년밖에 못 했으니 말이다."

　허생은 그 길로 거리에 나왔지만 그를 아는 사람은 아무도 없

> 이 글은 연암이 1780년 8촌형 박명원을 따라 중국을 다녀오는 도중 옥갑(玉匣)이라는 곳에서 하룻밤 자며 역관들과 주고받은 이야기 중에 나온 한 토막임. 문학 장르로 구분한다면 설화 문학 중 민담에 속한다.

었다. 그는 곧장 지금의 종로인 운종가(雲從街)로 나와 지나가는 사람을 붙잡고 물었다.

"한양에서 제일 큰 부자가 누구요?"

누군가 변승업(卞承業)이라는 사람이 가장 잘 산다고 일러주자 허생은 그 집을 물어 찾아갔다. 변씨를 향해 손을 앞으로 내밀고 허리를 약간 굽혀 읍을 한 뒤에 이렇게 말했다.

"내가 집이 가난하여 돈을 좀 벌어야겠소. 내 능력을 시험해 보려고 하는데, 만 냥만 빌려 주시겠소?"

"좋소."

변씨는 바로 허락하고 그에게 만 냥을 내어 주었다. 그러자 허생은 고맙다는 인사도 하지 않고 그대로 받아 가지고 갔다. 그 때 변씨의 자제와 주위 손님들이 허생을 보니 분명 거지였다. 옷이 낡아 실밥이 늘어졌고 가죽신은 뒤꿈치가 찢어졌고 갓은 찌그러졌으며 도포는 불에 타다 말았고 코에서는 멀건 콧물이 줄줄 흘렀다. 허생이 떠나자 그들은 놀라서 이렇게 말했다.

"저 사람과는 평소에 알던 사이입니까?"

"모르는 사람이야."

"아니, 알지도 못하는 사람에게 만 냥이나 되는 돈을 그냥 던져 주고 이름도 물어 보지 않으십니까?"

"너희는 이해 못 할 것이다. 보통 남에게 아쉬운 소리를 하는 자는 자기 자랑을 과장되게 하고, 자기에게 신의가 있다는 것을 누누이 설명하지만 얼굴에는 비굴한 빛이 돌고 말수가 많아지게 마련이지. 그런데 저 사람은 옷과 신발은 비록 남루하지만 말이 간략하면서 눈에는 오기가 서려 있고 부끄러워하는 기색이 없으니 아무것도 주지 않아도 스스로 만족할 사람이야. 저 사람이 시험해 볼 기술이 작지 않기에 나도 그를 시험해 보려는 것이야. 안 주면 그만이겠지만 기왕 만 냥을 주어 놓고 이름은 물어 무엇 하겠나?"

허생은 그 집에서 나와 집으로 돌아가지 않고 바로 안성으로 내려가 거처를 정했다. 안성은 경기도와 충청도의 경계이면서 삼남(三南)으로 통하는 교통의 요충지였다. 허생은 삼남에서 올라오는 과일 중 대추, 밤, 감, 배, 유자, 귤 등을 두 배의 값으로 사들인 다음 창고에 쌓아 놓고 팔지 않았다. 그러자 온 나라에서 제사나 잔치에 쓸 과일이 없어져 마침내 그에게 물건을 판 장사꾼들이 다시 그에게 와서 처음 판 값의 열 배를 주고 사 갔다.

허생이 이를 보고 한탄하였다.

"겨우 만 냥에 나라의 과일이 동나니, 나라가 좁긴 좁군."

그는 칼을 만드는 쇳덩이와 베와 솜 등을 사 가지고 제주로 들어가서 말총을 다 거두어들이니, 두어 해가 못 되어 나라 전체에 머리를 묶을 망건이 없어졌다. 그래서 망건 값이 열 배로 뛰었다.

허생이 늙은 뱃사공에게 물었다.

"이 근처에 사람이 살 만한 빈 섬이 있소?"

"있습니다. 일찍이 여기서 바람에 휩쓸려 서쪽으로 사흘쯤 가서 빈 섬을 만났는데 사문(沙門)과 장기(長岐)의 중간쯤 되는 듯합니다. 섬 안에는 꽃과 나무가 스스로 자라고 과일과 오이가 저절로 익으며 노루와 사슴이 뛰어놀고 물고기들은 사람을 보아도 놀라지 않았습니다."

뱃사공의 말을 듣자, 허생은 기뻐서 말했다.

"나를 거기에 데려다 주면 내 재산을 나눠 주겠소."

두 사람은 동남풍을 타고 서쪽으로 달려가 섬에 도착했다. 허생이 높은 곳에 올라가 사방을 둘러보며 말했다.

"땅 넓이가 천 리도 못 되니 무엇을 할 수 있단 말인가? 땅이 기름지고 물이 맑으니 여기서 그냥 부귀는 누릴 만하군."

뱃사공이 말했다.

"섬에 사람이 없으니 누구와 더불어 살겠소?"

허생이 말했다.

"덕을 쌓은 사람에게는 사람들이 따르게 마련이오. 선비는 덕을 못 쌓은 것을 후회하지 사람이 없는 것은 근심하지 않는 법이오."

당시 변산 지방에 수천 명의 도둑이 백성을 괴롭혀 각 고을에서는 군대를 집결시켜 도둑을 잡으려 했다. 그러자 도둑들은 민가에 내려가지 못하고 산속에서 굶주리고 있었다.

허생이 도둑들이 몰려 있는 곳 가운데 들어가서 괴수를 보고 말했다.

"당신네들 천 명이 천 냥을 약탈해 오면 한 사람이 얼마씩이나 가지시오?"

"한 사람에게 한 냥씩 돌아갑니다."

"당신네들은 모두 아내가 있소?"

"없습니다."

"밭은 있소?"

도둑이 웃으며 말했다.

"아내가 있고 밭이 있으면 왜 고생스럽게 도둑질을 하겠소?"

허생이 다시 말했다.

"내 말대로 한다면 아내도 얻고 소도 사고 집과 밭도 생길 것이며, 도둑 누명도 쓰지 않고, 집안에 있으면 아내와 즐겁게 살고, 돌아다녀도 잡히는 두려움이 없을 것이며, 오래도록 입고 먹는 걱정이 없을 게요."

"누가 그것을 원하지 않겠소? 그러나 단 한 가지 돈이 없지 않소?"

허생이 웃으며 말했다.

"돈 없는 것은 걱정 마시오. 내가 주선해 보리다. 내일 바다에 나가 붉은 깃발이 펄럭이는 배를 보거든 그리로 오시오. 거기에 돈이 실려 있으니 원하는 만큼 가져 가시오."

도둑들은 허생을 미친놈이라며 비웃었다. 그러나 다음날 아침이 되자 바다 위에는 과연 붉은 깃발의 배가 떠 있고 그 위에는 30만 냥의 돈이 실려 있었다. 도둑들은 놀라서 모두 허생 앞에 꿇어 엎드려 절하며 말하였다.

"저희는 장군께서 시키시는 대로 하겠습니다."

허생이 일렀다.

"당신들 마음대로 힘껏 짊어지고 가시오."

도둑들은 모두 달려들었지만 한 사람이 기껏해야 백 냥도 지지 못했다. 허생이 웃으며 말했다.

"겨우 백 냥도 지지 못하면서 도둑질을 한다고 말할 수 있소? 게다가 당신들의 이름은 관청에서 붙잡으려는 도둑 명부에 실려 있으니 갈 곳도 없는 몸들이오. 내 여기서 기다릴 터이니 백 냥씩 가지고 가서 아내 될 여자와 소를 한 마리씩 데리고 오시오."

도둑들이 그렇게 하겠다고 말하고 흩어져 갔다. 허생은 2천 명이 한 해 동안 먹을 양식을 배에 실은 뒤에 그들이 돌아오기를 기다렸다. 약속한 날짜가 되자 한 사람도 빠짐없이 모두 돌아왔다. 허생이 그들과 함께 빈 섬으로 가고 나자 나라 안에는 도둑이 없어졌다. 허생은 섬으로 돌아와서는 나무를 베어 집도 짓고 대나무로 울타리를 둘렀다. 땅이 비옥하니 온갖 곡식이 잘 자랐으며 때 맞추어 밭을 가니 곡식 한 포기에 이삭이 아홉 개씩 달려왔다. 이렇게 1년 농사를 지어 3년 먹을 양식만 남겨 두고 나머지는 장기도(長岐島)에 가서 팔았다. 장기도는 일본에 딸린 고을로 31만 호였는데 마침 큰 흉년이 들어 백성이 굶주리고 있었다. 판 대가로 은 백만 냥을 받았다.

허생은 혼자서 한탄하며 말했다.

"이제 나는 내 능력을 조금 시험해 보았다."

그리고 섬에 있던 남녀 2천 명을 불러 당부하였다.

"내가 처음 당신들을 데리고 이 섬에 들어와서 먼저 물질적으로 풍부하게 만든 뒤에 특별히 글자도 만들고 우리만의 문화를 만들려고 하였는데, 지금 생각하니 땅이 너무 좁고 내 덕이 부족함을 느꼈소. 그래서 이제 떠나려고 합니다. 그러니 당신들은 여기 살며 아이가 나거든 숟가락을 잡을 때 오른손으로 잡도록 하고 하루 먼저 났어도 먹는 것은 먼저 난 사람부터 먹도록 양보하며 사시오."

이렇게 말한 뒤에 자기가 탄 배 외에 다른 모든 배를 모아 불로 태우면서 말하였다.

"뭍으로 가지 않으면 뭍의 사람도 오지 않을 것이오."

그러고는 은 50만 냥을 바다에 버리면서 말했다.

"이 바다가 마르면 주울 수 있을 것이다. 백만 냥은 우리 나라에 가지고 가도 다 쓸 곳이 없는데 하물며 이 조그마한 섬에서야 무엇에 쓰겠는가?"

그리고 글자를 아는 사람은 모두 배에 태우고 나오면서 이렇게 말했다.

"이 섬의 화근을 없애려는 것이야."

그는 본국으로 돌아온 뒤에 온 나라를 돌아다니며 가난하고 불쌍한 자들을 골라 골고루 재물을 나누어 주었으나 그래도 은 십만 냥이 남았다. 그는 변씨에게 빚을 갚기로 생각하고 변씨 집을 찾아갔다.

"나를 알아보겠소?"

변씨가 놀라며 말했다.

"얼굴빛이 조금도 나아지지 않은 것을 보니 만 냥을 버린 모양이구려."

허생이 웃었다.

"재물 때문에 얼굴이 좋아지든지 하는 것은 당신네 같은 사람이지. 그까짓 만 냥이 내가 추구하는 도(道)에 무슨 보탬이 된단 말이오."

그러고는 가지고 온 은 십만 냥을 변씨에게 주며 말했다.

"내 하루 아침의 굶주림을 이기지 못하여 독서하는 일을 끝내지 못하고 당신에게 만 냥을 빌린 것은 부끄러운 일이었소."

변씨가 놀라서 사양하였다.

"원금의 십분의 일만 이자로 주시오."

허생이 성내어 말했다.

"아니 당신은 나를 장사꾼으로 취급하시오?"

허생이 옷깃을 뿌리치고 떠나자 변씨는 그의 뒤를 몰래 따라가 보았다. 허생은 남산 아래로 가더니 조그마한 집으로 들어가는 것이었다. 그 집 앞에 있는 우물가에는 늙은 여자가 앉아서 빨래를 하고 있었다. 변씨가 물었다.

"저 조그마한 집이 누구의 집이오?"

"허 생원 댁입니다. 가난한 살림에 책만 읽다가 어느 날 아침에 집을 나가 돌아오지 않은 지가 5년이 되었지요. 혼자 남은 아내는 그가 죽은 줄 알고 그가 나간 날을 제삿날로 삼고 있다오."

변씨는 비로소 그 사람이 허씨 성을 가진 사람임을 알았다. 그리고 다음날 허생이 가져다 준 은을 모두 그의 집에 다시 내려놓으니 허생이 말했다.

"내가 부자를 탐내었다면 백만 냥을 버리고 그까짓 십만 냥을 가지겠소? 내 이제부터 당신을 만나 생활을 할 수 있게 되었소. 당신이 우리 식구의 먹을 것을 헤아려 양식을 보내 주고 일생 동안 입을 옷도 생각하여 보내 주면 그것으로 만족하오. 내 무엇 때문에 재물에 정신을 쓰겠소?"

변씨는 여러 말로 허생을 설득하였으나 끝내 허락하지 않았다. 어쩔 수 없이 은을 도로 가져온 뒤에 허생의 양식이 떨어질 때쯤 되면 몸소 양식을 가지고 가서 전달해 주었다. 그러면 허생은 기쁜 얼굴로 받아 주었고 혹시라도 가져 간 재물이 많다고 생각되면 얼굴을 찡그리며 거절했다.

"당신은 무엇 때문에 나에게 재앙을 주는 것이오?"

그리고 술을 가져다 주면 매우 기뻐하며 서로 취할 때까지 마셨다. 그렇게 여러 해 사귀는 동안 둘의 우정은 돈독해졌다. 변씨는 기회를 타서 넌지시 물어보았다.

"아니, 그래 당신은 5년 만에 어떻게 백만 냥을 벌 수 있었소?"

허생이 말했다.

"그것은 어렵지 않소. 우리 조선은 배를 타고 외국과 통행하는 일도 없고 수레를 타고 나라 안을 다닐 수도 없어 모든 물자가 나라 안에서 나와 나라 안에서 소비되오. 그러니 천 냥쯤 되는 돈은 적은 재물이기 때문에 물자를 다 살 수 없지만 그것을 쪼개어 열로 나누면 백 냥이 되는 것이지요. 그리하여 열 가지의 물건을 살 수 있습니다. 물건이 가벼우면 회전하기 쉽기 때문에 한 가지 물건에서 손해를 보더라도 아홉 가지 물건에서 이익을 내겠지요. 이는 이익을 내는 도리이며 소인들의 장사 방법이오. 그러나 만 냥은 한 가지 물건을 다 살 수 있으므로 수레에 실린 것이면 그 수레를 다 살 수 있고 배에 있으면 배를 다 살 수 있으며 고을에 있는 것이면 고을 전체를 살 수 있지요. 이는 그물코를 벌려 놓은 것 같아서 그 그물에 걸려 든 물건을 몽땅 살 수 있지요. 육지에서 나는 물건도 만 냥이면 한 가지는 다 사들일 것이고, 물에서 나는 물건도 만 냥만 가지면 그 중 한 가지는 독점할 수 있고, 의약품 중에도 만 냥이면 한 가지는 교역을 정지시킬 수가 있을 것이오. 한 가지 물건의 교역이 정지되면 장사꾼 백 명의 물건이 고갈됩니다. 이는 백성에게 해를 끼치는 도리요. 뒷날 정치를 담당하는 사람 가운데 이 방법을 쓰는 자가 생기면 그는 틀림없이 나라를 병들게 할 것이오."

변씨가 또 물어 보았다.

"애초에 당신이 나한테 올 때 내가 과연 만 냥을 주리라고 생각하였소?"

"꼭 당신이 아니라도 만 냥을 가진 자는 누구라도 나에게 주었을 것이오. 내 생각으로는 내 재주로 족히 백만 냥을 벌 수 있지만 운명은 하늘에 달렸으니 그

거야 어찌 알겠소? 그러니 나의 재주를 부린 사람은 복이 있는 사람이오. 반드시 부자는 더 부자가 되는 것이 하늘이 정한 바요. 그러니 안 줄 수 있겠소? 내가 만 냥을 빌린 것은 준 사람의 복을 의지해서 장사를 했기 때문에 성공한 것이오. 만일 내가 스스로 그 돈을 장만하여 장사를 했어도 성공했을는지는 알 수 없는 일이오."

변씨가 말했다.

"지금은 우리 사대부들이 남한산성의 치욕을 씻으려고 하는 시기로 뜻 있는 선비면 누구나 팔을 걷어붙이고 지혜를 짜내고 있습니다. 그런데 당신은 그 훌륭한 재주를 가지고 왜 그렇게 숨어 살려고만 하시오?"

허생이 말했다.

"예로부터 어둠 속에 숨어서 산 사람이 얼마나 많소이까? 조성기*는 적국을 상대할 만하지만 평범한 서민으로 늙어 죽었고, 유형원*은 군량미를 이어 줄 수 있는 재목이지만 바닷가에서 할 일 없이 거닐며 살았소. 오늘날 국정을 이끄는 자는 이를 알 것이오. 나는 장사를 잘하는 사람이오. 내가 벌어들인 은은 구왕*의 머리도 충분히 살 수 있는 돈이지만 바다에 버리고 온 것은 쓸 만한 곳이 없기 때문이오."

변씨는 이야기를 듣고 한숨만 길게 쉰 뒤에 돌아갔다. 그는 본래 정승인 이완*과 잘 아는 사이였다. 이완은 당시 어영대장이었는데 시골에서 서민들과 함께 살면서 기특한 재주가 있는 자 중에 장래 나라에서 크게 쓸 만한 인재를 추천해 달라고 했다. 변씨가 허생을 소개하자 이완이 놀라며 말하기를, "자네 말을 들으니, 참으로 기특

조성기(趙聖期): 인조 때 학자. 자는 지서(之瑞). 호는 졸수재(拙修齋). 평생을 독서에 전념함.

유형원(柳馨遠): 인조 때 사람. 호는 반계(磻溪). 실학의 선구자. 저서에 『반계수록』이 있으며 부국강병을 주장하여 이익, 홍대용, 정약용 등에 영향을 줌.

구왕(九王): 1638~1661. 청태종(清太宗)의 제9자이므로 구왕이라고도 하였음. 청세조(清世祖) 연호는 순치(順治).

이완(李浣): 효종 때 무신. 자는 증지(澄之). 어영대장을 거쳐 우의정을 역임함.

한 재주로군. 이름은 무어라고 하던가?" 하였다.

"소인이 그와 사귄 지 3년이나 되었으나 아직까지 그의 이름을 모릅니다."

"그럼 우리 함께 가보세."

밤에 이완은 말도 타지 않고 종자들도 물리친 채 변씨와 함께 걸어서 허생의 집에 갔다. 변씨는 이완에게 문 밖에서 잠시 기다리라 하고, 혼자 들어가서 허생에게 이완과 함께 온 내력을 이야기하였다. 그러나 허생은 못 들은 체하고 이렇게 말했다.

"가지고 온 술병이나 어서 풀어 놓으시지요."

그러고는 변씨와 함께 술을 마시기 시작하였다. 변씨는 이완이 밖에 오래 서 있는 것이 민망스러워 여러 번 그를 들어오도록 하자고 말했으나 허생은 응낙하지 않았다. 그러다가 밤이 깊자 허생이 말했다.

"이제 불러들이도록 하시오."

이완이 들어왔으나 허생은 자리에서 일어나지도 않았다. 이완은 몸둘 바를 몰라 쩔쩔 매며 간신히 앉아 조용히 나라의 일을 의논하고 훌륭한 사람을 구하는 의도를 이야기했다. 허생이 손을 저으며 말했다.

"밤은 짧고 말은 기니, 그 이야기를 듣기에는 너무 늦었소. 그런데 당신의 벼슬은 지금 무엇이오?"

"대장입니다."

"그렇다면 당신은 나라에서 믿어주는 신하겠구려. 내 와룡 선생(臥龍先生 : 제갈량) 같은 이를 추천해 줄 터이니 조정에 청을 올려 삼고초려(三顧草廬)를 할 수 있겠소?"

이완이 고개를 떨어뜨리고 한참 생각하다가 말했다.

"어렵습니다. 그 다음 방법을 말씀해 줄 수 없겠소?"

"나는 다음이라는 낱말을 배우지 않았소."

허생이 단호히 거절하였으나 이완이 굳이 물어보았다. 허생이 말했다.

"명(明)나라 장사들은 임진왜란 당시 우리 조선에 은혜를 베풀었소. 명나라가 망한 뒤에 그들의 자손이 우리 나라에 들어와서 홀아비 신세로 떠돌아다니고 있소. 그러니 조정에 청하여 왕족의 딸들을 그 사람들에게 시집가게 하고 인조 반정 때 공훈을 세운 친척이나 권세를 부리는 자의 지위를 빼앗을 수 있소?"

이완은 또 한참 있다가 말했다.

"그도 어려운데요."

허생이 말했다.

"이도 어렵고 저도 어렵다고 하니 무엇을 이룰 수 있다는 거요. 그러면 가장 쉬운 일이 있는데 할 수 있겠소?"

"가르쳐 주시오."

허생이 말했다.

"이 세상에 대의(大義)를 알리려는 자치고 먼저 한 시대의 호걸을 사귀지 않은 자는 일찍이 없었소. 남의 나라를 공격하려는 자가 간첩을 보내지 않고도 성공을 거두는 자는 없소. 지금 만주가 갑자기 중국 천하의 주인이 되었지만 그들은 아직 중국 사람들과 친하지 못하고, 우리 조선이 다른 나라보다 앞서서 그들에게 복종하니 그들이 믿고 있소. 정성을 다해 그들에게 청하되, 우리 나라 자제들을 그들에게 보내어 학문을 배우고 벼슬도 하게 하기를, 당(唐)나라와 원(元)나라 고사와 같이 하고, 장사꾼들이 그 나라에 가는 것을 막지 않겠다고 하면 저들은 반드시 가까워지는 것이라 생각하여 허락해 줄 것이오. 그렇게 되면 우리 나라 자제들을 잘 골라 머리를 깎고 만주족 옷인 호복(胡服)을 입힌 뒤에 훌륭한 선비는 그들의 과거 제도인 빈거*에 응시하고, 소인인 서민 계급은 멀리 강남 지방까지 보내어 그들의 허실(虛實)을 엿

* 빈거(賓擧) 중국 당나라 때부터 있던 과거 제도. 외국 사람들이 응시하게 함.

보게 한 뒤에 호걸들과 결탁하여 만주족을 치면 중국을 제압할 수 있고 나라의 수치를 갚을 수 있을 거요. 그리고 망한 명나라 왕의 후예인 주씨(朱氏)를 찾아보다가 영 못 만나거든 각 지방 제후의 추천을 받아 하늘에 알리고 중국 왕으로 봉한다면, 당신이 거느린 군대는 전쟁에 나가면 중국의 군대가 되고 물러가더라도 가장 큰 후원의 나라〔백구지국(伯舅之國)〕가 될 것이오."

이완은 한참 동안 앉았다가 씁쓸한 태도로 말했다.

"우리 나라 사대부는 모두 예절과 법도를 중시하는데 누가 머리를 깎고 오랑캐 옷을 입으려고 하겠소?"

허생이 큰 소리로 나무랐다.

"그래 당신이 말하는 사대부란 도대체 어떤 자들이요? 오랑캐의 땅인 이맥(彛貊) 지방에서 나 가지고 자칭 사대부라고 으스대니 어찌 미련하지 않소? 바지저고리를 희게 입으니 이는 본래 상제(喪制)의 복장이오. 머리털을 모아 송곳처럼 만드니 이는 남쪽 오랑캐들의 방망이 머리를 본뜬 거요. 이것을 어찌 예법이라고 하시오. 번어기*는 원수를 갚기 위해 자신의 머리를 아끼지 않았고, 전국 시대 조(趙)나라 무령왕(武寧王)은 나라를 강하게 하기 위해 오랑캐 옷 입기를 부끄럽게 여기지 않았소. 그런데 지금 명나라 원수를 갚자면서 머리털 깎는 것을 아끼고, 또 지금 장군이라는 자들은 말을 달리고 칼로 치며 창으로 찌르고 활을 쏘며 돌을 던지는 무술을 연마하면서도 소매가 넓은 옷을 바꾸지 않는데 그것을 예법이라고 생각하시오? 내가 세 가지를 말하였는데 당신은 그 중에 한 가지도 할 수 없다고 하면서 그러고도 나라에서 믿어 주는 신하라고 생각하시오? 믿어 주는 신하가 이렇다면 죽여 버리는 것이 옳겠소."

허생은 좌우를 둘러본 뒤에 칼을 찾아 이완을 찌르려고 하였다.

번어기(樊於期) 중국 진(秦)나라 장수. 연(燕)나라에 갔다가 진시황을 죽여 자신의 원수를 갚으라고 하며 자살하여 제 머리를 형가(荊軻)에게 줌.

이완은 당황하여 자리에서 일어나 뒤쪽 창문을 넘어 도망갔다. 다음 날 그 집을 찾아가니 허생은 어디론가 가 버리고 집은 비어 있었다.

—『연암집』

요로원 야화기(要路院夜話記) · 박두세

따분한 이야기는 지루한 시간을 보낼 수가 없고, 긴 사설은 답답한 마음을 달랠 수 없다. 그리하여 한바탕 새로운 경지를 연출하여 일상 생활 중에서 새롭고 신기한 이야기를 찾아보려고 한다.

좋은 말을 구하는 사람은 반드시 천리마만을 잘 골라낸다는 백락*이라는 사람의 마구간에 가야 된다고 하지만 백락이 죽은 오늘날에 와서 천리마가 있다고 한들 어찌 찾을 것이며, 좋은 옥을 구하는 사람은 옥돌의 감별사로 유명한 변화*라는 사람의 가게에 가야 찾을 수 있다고 하지만 변화가 죽은 오늘날에는 아무리 좋은 옥이 있다고 하나 어디 가서 그것을 구할 것인가?

이와 마찬가지로 훌륭한 사람을 구할 때는 정승들이 모인 묘당*에서만 찾고, 재능 있는 자를 구할 때는 벼슬길에 나아가 있는 관리들에게서만 찾는다면 시골에 묻혀 살며 허름한 베옷을 걸친데다가 얼굴 생김새도 확 뜨이지 않는 사람이 아무리 세상을 흔들 재주를 가졌고 나라의 장래를 빛나게 할 문장이 있은들 누가 알아 줄 것인가? 아니 알아주기는커녕 오히려 비웃고 업신여김을 당할 터이니 이런 것을 두고 우리는 참으로 세상 보는 안목이 없다고 이르는 것이다.

금강(錦江)이 흐르는 서쪽 지방, 충청도의 몇 십 고을을 돌아보면 이곳은 참으로 양반의 대표

시골선비와 서울 양반이 요로원이라는 여관의 한방에 묵게 되면서 세상 이야기를 풍자하며 서로 글을 지어 주고받는 내용.

박두세(朴斗世) 1654년(효종 5년)~?. 문인. 자는 사앙(士仰). 1682년(숙종 8년) 증광문과에 급제하여 목사를 거쳐 지중추부사에 올랐다. 「요로원 야화기」, 「삼운통고보유(三韻通考補遺)」를 펴냈다.

백락(伯樂) 중국 주(周)나라 때의 말을 잘 고른 사람. 왕량(王良) 또는 손양(孫陽)으로도 알려짐. 한유(韓愈)의 「잡설」이라는 글에 "세상에 백락이라는 사람이 있고난 연후에 천리마를 알 수 있었다."라고 했다.

변화(卞和) 중국 춘추전국 시대의 초나라 사람 형산이라는 산에서 옥을 캐어다가 왕에게 바치자 왕은 그가 자신을 속인다고 하여 두번이나 그의 발꿈치를 자르는 형벌을 가했다. 그러다가 뒷날 그 옥이 진짜라는 것을 알고 국보로 명하였다.

묘당(廟堂) : 巖廊. 높은 지위를 가진 이가 집무하는 곳으로 대개 정승들의 집무처를 말함.

구십일

자인 사대부의 고장이고 훌륭한 인재들의 소굴로서 백락의 마구간이나 변화의 보석 가게에 비유할 만하다.

홍주목(洪州牧)의 관할 내에 박(朴)씨 성을 가진 사람이 있었는데 말 잘하기론 옛날 춘추전국 시대 변사인 장의*와 추연*을 능가했고, 문장으로 치면 저 유명한 한나라의 반고와 사마천*을 아우라고 이를 정도지만 생김새가 비쩍 마르고 옷을 헐벗어서 추위를 면할 수 없는 빈한한 조대* 모양이었다.

지난 무오년(영조 14년, 1738년)에 박생이 고마*에서 망군*처럼 쓸쓸히 돌아올 때의 일이다. 병든 말*에는 짐을 싣고 거기에 박생이 올라탔는데 말을 모는 아이 놈도 몸이 여윈데다가 다 떨어진 저고리는 허리에 질끈 매었으니, 그들이 숙소에 들를 때마다 주인에게 모욕을 당하는 일이 한두 번이 아니었다.

어느 날 점심때가 지난 뒤에 소사*에서 출발하여 아산 땅의 요로원 숙소까지 5리쯤 남았는데 벌써 날이 어두워졌다. 박생은 마음이 조급하여 말을 채찍질하여 요로원 숙소에 도착하였으나 숙박할 방은 이미 길손들로 만원이었다. 박생은 신분이 아무리 양반이라고 하지만 초라한 모습이었으므로 주인을 야단쳐서 길손들을 쫓아내고 방을 비워달라고 호령할 주제가 못 되었다. 박생은 이 난처한 처지

장의(張儀) 중국 춘추전국 시대 사람(기원전 309년)으로 진혜왕(秦惠王) 때 정승. 6국으로 하여금 연횡(連橫)하여 진나라를 섬기게 하였으나 진혜왕이 죽은 뒤 6국이 소진(蘇秦)의 계획대로 합종책(合縱策)을 써서 진나라를 배반하자 위(魏)나라로 가서 정승이 되었다.

추연(鄒衍) 춘추전국 시대 제나라 사람(기원전 305?~기원전 240?)으로 음양가(陰陽家)의 선구자이며 변사. 당시 사람들이 말을 잘한다고 하여 추연이라는 별명을 주었다.

반고(班固)와 사마천(司馬遷) 한(漢)나라의 반고와 사마천의 문장을 반마문장이라고 하며 이들을 대표적인 문장가로 침.

조대(措大) 한산조대(寒酸措大)라고도 하며 가난한 생활 속에 글만 읽는 선비를 일컫는다. 속담에 쪼대라고 하여 남을 얕잡아 지칭하는 말에서 유래하였다.

고마(固麻) 곰나루 곧 웅진을 뜻하는 옛말. 웅진은 옛날 백제의 수도다.

망군(網軍) 옛날 서촉 지방에서 세금을 바치러 수도로 갔다가 빈 그물 보자기를 가지고 오는 사람을 뜻하거나, 백제 시대부터 내려오는 이야기를 각색해 영조 무오년 또는 숙종 무오년 등으로 연도를 필사하던 당시 이야기로 만든 것으로 여겨진다. 여기서는 과거에 떨어진 사람을 말한 것이다.

병든 말 지친 말이라는 뜻.

소사(素沙) 요로원이 아산 지방에 있는 역원이므로 소사는 이 글로 보아 요로원의 북쪽이나 동쪽의 50리쯤에 있는 지명으로 추정된다.

구십이

를 모면하려면 차라리 양반이 차지하고 있는 방을 찾아가서 하룻밤 같이 자자고 사정을 하면 거절하지는 않을 것이라고 생각하였다. 그리하여 박생은 양반이 묵고 있는 막사로 찾아 들어갔다. 방이 딸린 봉당에서 양반 한 사람이 반쯤 누운 채 밖을 내다보고 있다가 박생이 들어오는 것을 보고 큰 소리로 자기 종을 불렀다.

"이놈들아! 너희들은 어디 갔기에 길손들이 함부로 들어오도록 하느냐?"

말소리가 떨어지기 무섭게 두 종놈이 번개처럼 뛰어 나왔다. 그 때 벌써 박생은 말에 실었던 짐을 뜰 층계에 내려 놓았다. 그러자 종 한 놈이 박생의 말을 채찍으로 때리며 박생의 종을 꾸짖었다.

"야! 이 눈먼 놈아, 우리 행차가 방을 이미 잡고 계신 것도 못 봤냐?"

다른 종은 박생의 등을 밀어내며 말하였다.

"우리 행차가 이미 정해졌으니 아무리 양반이라도 같이 머물 수는 없습니다."

박생은 떠밀려 나가면서 변명하듯이 말했다.

"남이 먼저 정해 놓은 방을 빼앗으려는 것이 아니고 날이 저물어서 우선 여기에서 잠시 쉬면서 종놈을 시켜 다른 집에 방이 있는가 알아보고 나가려던 참이었네. 그런데 저기 있는 양반께서 너무 야박하게 구는구먼."

봉당에서 이 광경을 보던 양반이 거드름을 피우며 껄껄 웃고 말했다.

"그래 잠시 쉬었다 가도록 하라고 일러라."

박생이 그의 말대로 다시 들어가서 바짓가랑이를 추키고 봉당으로 올라갔으나 양반은 몸을 일으키지도 않은 채 잠자리로 펴놓은 요 위에서 팔꿈치로 머리를 고이고 누워 있었다. 그가 깔고 있는 잠자리 둘레에는 두세 명이 앉을 만한 공간이 남아 있었다. 박생은 그 공간에 서서 양반에게 고맙다는 인사로 절을 하려고 하였지만 양반은 꼼짝도 하지 않았다. 박생은 속으로 생각하였다.

'이 사람의 옷차림이 화려하고 말안장이 요란한 것으로 보아 서울 양반인 모양인데 나를 시골 촌뜨기라고 무시하는 모양이야. 이런 사람의 오기와 교만은 꾀로써 꺾는 수밖에 없지.'

박생은 누워 있는 양반을 향하여 공손한 태도로 넙죽 절을 하였다. 그래도 양반은 누운 자세로 머리만 약간 들어 끄덕할 뿐이었다. 그리고 한참 있다가 이렇게 말을 걸어 왔다.

"존(尊 : 상대를 약간 높이는 말)께서는 어디서 왔소?"

박생은 아니꼬워서 일부러 자신의 고향을 속이고 대답하였다.

"충청북도 홍주 서도면 금곡리에서 왔시유."

양반은 마을 이름까지 자세히 말하는 박생을 재미있다는 듯이 바라보며 이렇게 비꼬았다.

"나는 호적단자(戶籍單子)를 외라는 것이 아니었소."

호적단자는 사람이 사는 마을 이름까지 상세히 기록되어 있기 때문이다. 박생이 대답하였다.

"행차께서 묻기에 자세히 알려드리려고 그랬구먼유."

그러고는 양반의 눈치를 보며 간청하였다.

"애초에는 방을 얻어 나가려고 하였습니다만, 벌써 밤이 되어 밖이 어둡고 또 방들이 모두 찼다고 하는구먼유. 그러니 여기에서 하룻밤 앉아서라도 새우고 가도록 허락해 주셔유."

"그래 좋소. 존께서도 양반이고 나도 양반이니, 양반끼리 하룻밤 같이 묵으면서 서로 이야기하며 적적함을 달래는 것도 나쁠 것은 없지요."

"허락해 주시니 참 고맙구먼유."

그러고는 종을 불러서 지시하였다.

"저 신발은 한 쪽으로 잘 놓고, 마소도 외양간에 들여다 매고, 우리가 먹을 양식 쌀은 주인에게 내어 주어라."

양반이 웃었다.

"아니, 존께서는 여행하는데 소도 몰고 왔소이까? 또 신발이라고 안 하면 신이 발에 신는 것인 줄 모르며, 양식 쌀이라고 안 하면 양식이 쌀인 줄 모르겠소?"

박생이 대답했다.

"행차께서는 서울 양반이 분명하시구먼유."

"어째서 내가 서울 사람이라는 것을 아시오?"

"우리 시골 사람들은 말이지유. 말을 이야기할 때는 반드시 소까지 붙여서 말하구유, 신도 꼭 발을 붙여 말하거던유, 그리고 양식을 말할 때는 꼭 쌀을 붙여서 말하는데유, 이런 말은 우리 시골 사람은 그저 평범하게 듣는데 행차께서는 이상하게 생각하시니 서울 양반이 아니고 무엇이겠습니까유."

서울 양반이 또 물었다.

"그래, 존께서는 무엇 때문에 어디를 갔다가 오시는 길이요?"

"조금 해결할 일이 있어서 서울에 갔다가 오는 길이구먼유."

양반은 박생의 사투리가 재미있다는 듯이 웃으며 또 물었다.

"해결할 일이 무엇이었소?"

"우리 친족 중에 다른 사람으로부터 권리 침해를 입은 사람이 있었거던유. 그 사람은 내가 서울에 아는 친구가 있는 것을 알고 나에게 서울에 올라가서 그 일을 좀 해결해 달라고 부탁하기에 어쩔 수 없이 갔다가 오는구먼유."

"그래, 그 아는 사람은 누구? 또 해결할 일은 끝내었소?"

"내가 일찍이 서울에 올라가서 육조* 거리 앞에 사는 김 승(金丞)이라는 사람의 집에 묵은 일이 있는데유, 그 사람은 병조의 관원(官

육조(六曹) 조선시대 6개월의 중앙 행정 기관: 이(吏), 호(戶), 예(禮), 형(刑), 공조(工曹)를 말한다.

員)이었시유. 그 사람이 출퇴근할 때에는 비록 걸어다니기는 했지만 머리에는 사모(紗帽)를 쓰고 붉은 관대(冠帶 : 관리들의 정장)를 착용하였시유. 그런데 그 사람이 나에게 말하기를 '집안에 혹시라도 어려운 일이 있거든 나를 찾아오면 내 잘 알선해 주겠소' 하기에, 이번에 그 사람 집에 갔시유. 그리하여 그 사람이 어떤 사람에게 부탁을 하였는지 일이 거의 해결되었으나 처리하는데 드는 비용이 부족하여 결국 일을 다 끝내지 못하고 돌아가는 길이구먼유."

서울 양반이 다시 물었다.

"그래, 비용을 얼마나 주었고, 또 앞으로 얼마나 더 달라던가요?"

"보병* 반 동*을 가져 갔으나 그 동안 다 써 버리고 주인이 말하기를 열 필을 더 가지고 오면 일을 완전히 성사시킬 수 있다고 하기에, 지금 집으로 돌아가서 그가 요구하는 수량을 더 가지고 올라가려는 것이구먼유."

서울 양반이 안타까운 듯이 박생의 엉덩이를 두들기며 말했다.

"자네는 서리*한테 속았네. 자네가 말하는 김 승*은 바로 서리이고 관원이 아닐세. 관원이 어찌 걸어다닌단 말인가? 그리고 그가 쓰고 다닌다는 사모는 서리들이 쓰는 패랭이이고, 그가 착용한 것은 관대가 아니라 단령*이라네. 그런데 자네는 그의 꾀에 빠져 반 동이나 되는 무명 베만 허비하였네. 요즈음 시골 사람들에게 이런 일이 많다니까."

그 때부터 서울 양반은 박생을 업신여겨서 존이라는 칭호를 버리고 바로 자네라는 호칭으로 바꾸어 반말을 하였다. 박생이 말하였다.

"서리와 관원이 그렇게 다른가유?"

"어쩌면 그리 촌스럽단 말인가? 그래, 자네가 사

보병(步兵) 보병목(步兵木)의 준말. 무명 베를 말함.

동(同) 수량을 나타내는 불완전 명사. 반 동은 무명 25필을 가리킴.

서리(書吏) 병조에서 일하는 아전(衙前) 또는 서리(書吏) 양반 벼슬아치는 관원이라고 하고, 지방 관청의 고을 원 밑에 있는 6방 관속은 모두 중인들이 집무를 함.

승(丞) 육조에 딸린 아전의 직책.

단령(團領) 깃이 둥근 옷으로 서리들이 입는 공복.

는 고을의 백성들은 누구를 제일 존경하는가?"

"서원(書員 : 세금담당 아전) 같은 아전이 있시유."

"그 위에는 더 없는가?"

"별감*과 좌수가 있시유."

"또 그 위에는?"

"없시유."

"아니, 목사도 없다는 말인가?"

"목사 영감님이야 고을을 다스리는 왕인데유, 감히 아전 무리들과 같이 말할 수가 있습니까유?"

"그래, 자네 말이 맞네. 자네가 말하는 영감이 바로 서울에서 말하는 관원이라네. 아까 내가 말한 서리란 그 고을의 아전 같은 것이야."

"그렇게 다르다는 말입니까유? 아니, 그래 제가 알고 있는 그 김 승이란 자도 양반이 아니라는 말씀인가유?"

"이제사 그가 양반이 아니라는 것을 알았단 말인가?"

"저는 시골 사람이라 승이라는 직책이 서리의 칭호인 줄도 모르고, 다만 패랭이와 단령이 사모와 관대같이 보였기 때문에 양반인 관원이라고 생각하고 교제를 하였습니다유. 참으로 분하고 원통하구면유."

이렇게 박생은 크게 한탄하는 표정을 했다. 서울 양반이 다시 물었다.

"뭐가 그리 분하고 원통한가? 무명 반 동을 그냥 허비하여서 그런가?"

"아니구먼유, 우리 친척이 군역에서 벗어나기만 한다면 한 동을 다 썼다고 하여도 아까울 것이 없구먼유. 다만 그 김 승이란 자가

별감(別監) 조선시대에는 지방 장관의 자문 기관으로 향소(鄕所)가 있었는데 그 우두머리가 좌수(座首) 별감은 그 다음 직위였음. 자(字) 친한 사람끼리 본 이름 대신에 부르도록 지은 다른 이름.

나의 자*를 묻기에 가르쳐 주었더니, 그 뒤로는 김 승이 나의 자를 부르고 나도 그의 자를 불러주었는데, 지금 생각하니 그 놈이 상놈의 자식으로 감히 양반의 자를 불렀으니 분하고 원통하지 않습니까유?"

서울 양반이 물었다.

"그렇다면 자네는 고향에서 어느 정도의 양반인가?"

"상등(上等 : 최고 높은) 양반이지유."

"상등 양반이라면서 군역으로 남에게 피해를 입었다는 말인가?"

"행차께서는 '상감님도 어릴 때는 보자기에 싸여서 컸지만 그것이 허물이 되지는 않는다'는 속담을 듣지 못하였시유?"

서울 양반이 다시 물었다.

"자네 마을에는 또 다른 양반도 있는가?"

"북쪽 마을에 예(芮) 좌수가 있고, 동쪽 마을에 모(牟) 별감이 사는데유, 그 양반들이 우리와 대등하기는 하지만 위세를 부리고 권력을 가진 것은 감히 따를 수 없지유. 지난 날 예 좌수가 미천할 때 그의 아내는 나물 밭을 매고 아들은 소를 길렀지유. 그러다가 여름이 되면 논두렁에 삽을 꽂아 놓고 양반임을 내세우면서 물대기 싸움을 하였고, 겨울이면 베를 옆구리에 끼고 장터에 나가서 상놈들의 자를 부르면서 함께 술을 마셨지유. 그리고 권농*이 와서 절을 하면 그저 턱만 끄덕해 보이면서 '절은 안 해도 돼' 하고, 서원이 와서 절을 하면 갓을 숙이고 답하기를 '좋아, 좋아' 하며 마을에서 그저 평범하게 살았지유. 그러다가 하루 아침에 별감 자리에 오르더니, 얼마 안 되어 다시 좌수로 옮겨갔시유. 그러자 그가 나가서 향청(鄕廳)에 앉으면 관리들이 뜰 아래 죽 늘어서서 절하고 동헌에 들어가면 영감(令監 : 목사나 사또)과 상대하니 통인들이 뜰 앞에서 줄지어 명령을 기다립니다유. 얼마 전만 해도 쌀가루 죽만 먹었는

권농(勸農) 면에서 마을로 돌아다니며 농사를 장려하는 직책을 가진 자.

데 이제는 기름기 줄줄 흐르는 쌀밥을 먹게 되었고, 또 전에는 그냥 걸어서 다녔는데 요즈음은 살진 말을 타고 다니며, 예쁜 기생을 데려다가 잠자리를 모시게도 하구유. 형방의 사령에게 문을 지키게 할 뿐 아니라 마음이 내키면 백성에게 환상*도 내어 주고 성이 나면 백성을 잡아다가 볼기도 칩니다유. 게다가 보통 때에 비등하게 사귀던 친구들도 상놈 취급하듯이 흘겨보기 때문에 모두들 그에게 손을 모아 읍을 하여 예를 표하고 꿇어 엎드려 두려워한답니다유. 그리하여 그의 호령과 위엄이 한 지방을 휩쓸어서 그에게 줄 뇌물 보자기가 서로 연이어서 사방 이웃들의 재산을 쥐처럼 야금야금 먹어 들어갑니다유. 그러니 어찌 대장부라고 안 하겠습니까유."

조금 있자니 종이 와서 밥상이 들어온다고 알렸다. 박생이 말했다.

"여기 송등*을 붙여라."

서울 양반이 말했다.

"자네는 상등 양반이라면서 여행 다닐 때 촛불도 안 가지고 다니는가?"

박생은 부자인 서울 양반 앞에서 자신의 곤궁함을 보이는 것이 좀 창피하여서 이렇게 거짓으로 말하였다.

"나도 촛불을 가지고 다녔는데 어제 저녁에 다 써 버렸시유."

서울 양반은 빙그레 웃고 자기의 종을 불러서 말하였다.

"송등을 켜면 연기가 많이 나니, 우리 보따리에 있는 촛불을 찾아내어 밝혀라."

종이 긴 촛대에 밀랍 촛불을 꽂고 불을 붙이니 불빛이 퍼지며 방안이 환하게 밝아졌다. 박생은 서울에서 돌아오는 중이라 그의 도포는 옻칠을 한 것처럼 시커먼데다가 여행 보따리에서 반찬을 꺼내는데 조린 간장에다가 두어 토막의 구운 청어꼬리뿐이었다. 밥을 반쯤 먹었을 때 서울 양반이 한번 훑어보고는

환상(還上): 관청에서 백성에게 꾸어 주던 곡식.

송등(松燈): 옛날에는 송진을 많이 머금은 솔가지를 가늘게 쪼개어 불을 붙여 등불로 썼음.

빙긋 웃고 말했다.

"상등 양반의 반찬이 별로 좋지 않군."

"나는 시골 양반이기 때문에 아무리 상등 양반이라지만 서울에 계신 사대부하고 견줄 수가 있데유. 이러한 음식도 여행 중에 얻기 어려운데 하물며 오랜 객지 생활을 겪은 뒤니 어떻겠습니까유."

서울 양반이 말했다.

"사실 자네 말이 맞네. 나그네 생활 중의 어려움이야 자네나 나나 다를 것이 있겠나?"

식사가 끝나고 물을 달라고 했다.

"여기 물 가져 오너라."

서울 양반이 또 말했다.

"내 자네에게 양반의 식사 예절을 가르쳐 주겠네. 종이 진지를 내어 온다고 하거든 '들이라'고 하고 '올리라'고 하지 말며, 숭늉을 마시려거든 '내어 오너라'고 하지 '물 가져 오너라'고 하지 말게."

"행차의 말씀이 지당하구먼유. 앞으론 그렇게 고칠게유."

서울 양반이 또 물었다.

"그래, 자네 장가는 들었나?"

"못 들었구먼유."

"지금 몇 살인가?"

"한 살 모자라는 서른 살이구먼유."

"아직 늦지는 않았네. 내년까지만 장가가면 『소학(小學)』의 가르침에는 벗어나지 않겠군. 그런데 양반이라고 하면서 왜 아직까지 장가도 못 갔는가?"

박생이 곤란한 얼굴빛을 하고 말했다.

"양반이기 때문에 못 간 것이어유. 저쪽에서 좋다고 하면 내가 싫구, 내가 좋다고 하면 저쪽에서 의욕을 보이지 않지 뭐유. 시골에 나와 같은 양반은 적은데다가 나와 같은 양반의 집안 형편을 가진 자를 고르니 좋은 바람이 불어오지 않지 뭐유. 그래서 지금까지 못 간 것이어유."

"자네는 키가 작고, 턱은 반질반질하여 수염이 없네그려. 조금 더 키가 자라고 턱에 수염이 날 때까지 기다린다면 장가 들 때가 없겠나?"

서울 양반은 그의 키가 작고 수염이 없는 것을 비웃기 위하여 이렇게 말한 것이다. 그리고 그는 또 말했다.

"그런데 그 예 좌수나 모 별감 집에는 청혼을 해 보지 않았는가? 그 집에 시집갈 만한 처자가 없어서 그런가?"

"처자는 있는데 나에게 구혼을 안 합니다유."

"그렇다면 자네가 잘못하였군. 자네가 상등 양반으로 먼저 그들에게 구혼을 하였으면 그들이 어찌 거절하겠는가? 내 그대의 생김새를 보니 모양이 단아하고, 말솜씨가 민첩한 것을 보아 아무리 시골에 산다고 하나 헛되이 늙지 아니할 것이 분명하네. 만일 목사께서 자네를 불러다 본다면 아마 좌수나 별감 따위는 자기 딸을 서로 바치면서 아부할 것일세. 내가 자네를 위하여 목사에게 좋은 신부를 구해 주라고 해 보겠네."

박생은 그의 말이 희롱인 줄 알면서도 매우 기뻐하는 표정을 지으며 빠르게 대답하였다.

"참 고맙고 반가운 말씀이구먼유. 혹시 행차님 문중에는 참한 아기씨가 없으신가유?"

서울 양반은 문득 입을 다물었다. 그리고 혼잣말로 중얼거렸다.

'어린애만큼도 눈치가 없는 자로군, 저렇게 어리석은 자와 무엇을 이야기한단 말인가?'

그러고는 이렇게 말했다.

"우리 집에는 없고, 내 처녀가 있는 곳을 알고 있으니 돌아가거든 말해 봄세."

박생이 말했다.

"아무리 저쪽에서 혼인을 허락한다고 한들 내가 행차님의 소재를 모르는데 어떻게 그 소식을 듣겠시유?"

"자네는 나의 소재를 모르지만 나야 자네 소재지가 홍주 서도면 금곡리라는 것을 잊겠는가. 내 저쪽에다가 이야기해 보고 좋은 소식을 받게 되면 일부러라도 사람을 시켜 전하여 주겠네."

"그래 주신다면 얼마나 고맙겠시유?"

"그런데 아무리 나이가 많고 또 관례*를 하였다고 하나 장가를 가지 않았으면 도령이라고 부르는 것이야."

그러고는 그 다음부터는 박생을 지칭하여 말할 때마다 노도령이라고 하며 은근히 얕잡아 말했다.

서울 양반은 박생과 이야기하는 짬짬이 고향을 그리는 정이 다 긴 '애강남부'*나 제갈량의 사당을 그리는 '익주부자묘문(益州夫子廟文 : 공명묘문)'을 외기도 하며 때로는 우리 나라 고시(古詩)의 구절들을 읊기도 했다. 박생이 말했다.

"행차께서 외는 글이 무엇입니까유?"

"이게 풍월(風月)이라는 거네."

그러고는 이어서 말하였다.

"자네 몸집을 보니 활을 잡고 무술을 단련한 것 같지는 않은데 혹시 우리 유학의 학문이라도 배우지 않았나?"

"나는 비록 시골에서 자랐지만 무술을 숭상하는 것은 수치스럽다고 생각하여 배우지 않았고유. 글자는 배워서 조금 알지유.

관례(冠禮) 남자가 스무 살이 되면 성인의식인 관례를 하고 관을 씀.

애강남부(哀江南賦) 북주(北周) 유신(庾信)이 양(梁)나라가 망한 것을 슬퍼하여 지은 작품으로 고향을 그리는 정이 많이 들어 있음.

그런데 그 중간 줄을 연결하는 것이 매우 어렵데유. 일찍부터 이것을 부지런히 익혔는데도 말소리가 헛나오고 혀가 굳어서 제대로 아니 되데유."

서울 양반이 의아해서 물었다.

"아니, 글자에 무슨 중간 줄이 있다는 말인가?"

"열 네 개의 글자(자음)는 중간 줄(모음)과 만나서 두 자가 합쳐 소리를 만드는데 그것을 소리로 만들기가 참 어렵데유."

서울 양반이 크게 웃으며 말했다.

"그것은 언문(한글)일세. 언문도 글이라는 말인가? 나는 진서(한자)를 말하는 것일세."

"우리 시골에는 언문을 아는 자도 별로 없는데 진서를 아는 사람이 어찌 혼하겠시유? 우리 이웃 마을에 갑이라는 사람이 있는데, 겨우 『천자문(千字文)』을 배웠지만 서원(書員)이 되어서 부자로 사니까 면(面) 안의 모든 사람들이 그를 공경하며 높여 주고, 또 어느 마을의 을이라는 사람은 사략*과 연구*를 외어서 교생*이 되어 면역*을 받았고, 또 면 사람들의 추천을 받은 어떤 마을의 사람은 과거 시험 때 쓰는 명지(名紙)를 지고 과거장에 출입하다가 선비를 위하여 공사(公事)에 대해 의송*하는 일을 나는 듯이 빠르게 쓰니, 면 안의 사람들이 늘 그 집에 뇌물로 꿩이나 생선 묶음들을 보내 주어서, 그 집안만 풍족한 것이 아니라 이웃집까지도 그 덕에 잘 얻어먹으니 이는 모두 진서를 배운 이득입니다유. 그러나 이것을 누구나 다 할 수 있는 것이 아니잖아유? 남자가 되어서 진서를 못할 망정 언

사략(史略) 당(唐)나라의 두신(杜信)이 지은 역사책.

연구(聯句) 시작(詩作)의 종류.

교생(校生) 향교나 서원에 다니는 생도. 상민이라도 향교에서 오래 공부하면 유생의 대우를 받았으며 우수한 자는 생원 초시에 응할 자격을 주었다. 뒷날 와서 향교의 심부름꾼이 되었다.

면역(免役) 나라의 부역을 면제 받는 것; 공천(公賤)이나 사천(私賤) 노비로서의 신역을 면제받거나 병역을 면제 받음.

의송(議送) 조선시대 민사 사건의 항소. 고을 원에게 패소한 사람이 관찰사에게 상소하는 일.

문이라도 배워 가지고 토지의 면적이라도 계산하고, 고대 소설이라도 읽을 수 있으면 한 마을에서는 영웅 대접을 받는구먼유."

"그렇다면 자네가 배우려는 반절(半切 : 이두 문자, 곧 언문)도 토지의 면적을 계산하기 위해서인가?"

"그렇구먼유. 그리고 대동미(大同米)나 세금을 낼 때에도 글을 알아야 계산을 할 수 있구먼유."

서울 양반이 말하였다.

"서울 선비치고 진서를 모르는 사람은 한 사람도 없는데 시골 사람은 언문도 제대로 깨우치지 못하였으니 내려온 풍속 때문에 그런가? 안타깝기도 하네. 사람이 되어 글을 모른다면 어찌 사람이라고 말하겠는가?"

"참말로 글을 알아야 사람이라고 할 수 있습니까유?"

서울 양반은 웃으면서 말하였다.

"사람이라고 어찌 똑같겠는가? 성인도 있고 현명한 사람도 있고 어리석은 자도 있지. 그러니 이목구비를 다 가지고 있다고 똑같은 사람이라고 할 수는 없다네. 자네는 옛사람 중에 부자(夫子)라고 불리는 사람을 들어보지 못하였는가?"

"못 들었시유."

"자네가 사는 고을에 향교는 있는가?"

"있어유."

"향교에서 석전*을 누구에게 드리는가?"

"그야, 공자님에게 드리지유."

"내가 말하는 부자라는 분이 바로 공자일세."

"우리 시골 사람은 무식하여 공자님은 알지마는 공자의 별호가 부자인 줄은 몰랐지유."

*석전(釋典): 음력 2월과 8월의 최초에 사(巳)자 드는 날에 공자에게 올리는 제사.

"그러면 옛사람 중에 도척*이라는 사람이 있는 것은 아는가?"

"알지유."

"그렇다면 자네는 공자와 도척 중에 누가 성인이고 누가 악인인지 아는가?"

"공자는 성인이고 도척은 악인이구먼유."

"그래, 맞았네. 하늘에 떠 있는 해를 보면 남에게 종질을 하는 자도 그것이 밝은 것을 알고, 깜깜하게 어두운 밤은 새나 짐승도 그것이 어두운 줄을 알지. 공자와 도척이 사람인 것은 마찬가지지만 한 쪽은 성인이고 다른 쪽은 악인으로서 이 세상에서 서로 짝할 수 없으니 어찌 똑같이 사람이라고 말하겠는가? 생각해 보면 사람이 되어 글을 잘하면 공자의 무리에 속하고 글을 못하면 도척의 무리에 속한다네."

"행차께서는 글을 알고 있으니 공자의 무리에 속하시겠시유. 그리고 나도 반절은 조금 알고 있으니 도척의 무리가 되는 것에는 훨씬 멀어질 수 있겠구먼유."

서울 양반이 웃으며 말했다.

"누가 도척이 언문도 모른다고 하던가?"

그리고는 혼자말처럼 중얼거렸다.

'그렇기는 하지만 그것이 그것이지. 언문을 조금 안다고 공자의 무리가 될 수 있을 것인가?'

그러자 박생은 그 말을 못 들은 체하고 이렇게 말하였다.

"행차께서는 또 풍월을 외시는구먼유, 풍월의 뜻은 무엇이고 그 모양은 어떤 것이래유?"

"바람과 달을 노래로 읊으며 감흥을 표현하고 생각을 나타내는 것이 풍월의 뜻이고, 형식은 칠언(七言)과 오언(五言)이 있는데 '양양소아제박수(襄陽小兒齊拍手 : 양양의 어린이들 함께 박수하며) 난가쟁

*도척(盜跖) 중국 고대에 살았다는 악명 높은 사람.

창백동제(攔街爭唱白銅鞮 : 길을 막고 서로 백동제라는 노래를 부르네)' 하는 것이 칠언이고, '마상봉한식(馬上逢寒食 : 여행길에서 이른봄 한식을 만났는데) 도중속모춘(途中屬暮春 : 도중에 어느덧 늦봄이 되었네)'이라고 한 것은 오언시일세. 그래 나하고 풍월 한번 읊어보겠나?"

박생이 큰 소리로 웃었다.

"풍월이란 진서로 쓰는 것인데 진서를 모르는 사람도 풍월을 한데유?"

서울 양반도 웃었다.

"풍월이 어디 한 가지뿐인가? 진서를 아는 사람은 진서로 풍월을 읊고 진서를 모르는 사람은 육담(肉談 : 속된 말)으로 풍월을 하면 되는 것이지. 내가 보기에 자네는 비록 진서를 모르더라도 입담이 좋아 육담 풍월은 잘할 듯하네. 그러니 내 한마디 불러 볼 터이니 자네도 그런 방법으로 한번 해 보게나."

"아견향지도(我觀鄕之賭)하니 괴저형체조(怪底形體條)로다."

박생이 말했다.

"그게 무슨 뜻입니까유?"

서울 양반이 글자를 하나하나 지적하면서 해석하여 주었다. 곧 도(賭)자는 바둑을 둘 때 내기한다는 뜻으로 '떨거지'의 뜻도 있고 조(條)는 지(枝)의 뜻으로 가진다는 뜻이다. 그러므로 이 글을 해석하면 '내가 시골내기 또는 시골떨거지를 보니 괴이한 모양을 가졌도다.' 라는 뜻이었다. 그러자 박생이 성내며 말했다.

"행차께서 나를 너무 모욕하십니다유."

"아니, 시골 사람이 자네뿐인가. 내가 그 동안 서울에서 내려오면서 이런 사람을 많이 보았었네. 내가 보기에는 자네 같은 사람은 시골에서 쉽게 볼 수 없는 수재에 속하네."

박생이 약간 성을 풀고 기뻐하는 듯하자 서울 양반은 다음 글을 더 읊었다.

"불지언문신(不知諺文辛)하니 하론진서소(何論眞書沼)아."

여기에도 신(辛 : 쓸 신)과 소(沼 : 못 소)는 뜻을 따와서 이렇게 해석하였다.

'언문도 쓸 줄 모르는데 어찌 진서 못하는 것을 따지랴?'

그리고는 박생에게 답을 하지 않으면 여기서 쫓아낼 수도 있다고 협박하니, 박생은 처음에는 사양하다가 모르는 체하고 답을 읊었다.

"아견경지표(我見京之表)하니"

서울 양반이 듣다가 말했다.

"그게 무슨 뜻인가?"

박생이 아까 서울 양반이 풀이해 주듯이 글자 하나하나 따라가며 해석하다가 표(表) 자에 이르러 이렇게 말했다.

"그 왜 임금 주(主) 자 밑에 옷 의(衣) 자 한 것 있지유. 우리 시골에서는 옷감을 장에 내어다가 팔 때 실을 올이 굵고 가는 것에 따라 속세(內細), 겉세(表細)하고 구분합니다유. 그래서 나는 그 글자가 겉이라는 뜻을 가진 줄 압니다유."

"그렇다면 글의 내용은 '내 서울 것들을 보니'가 되지유."

서울 양반이 그 말을 듣자 자못 이상한 눈빛으로 박생을 보기 시작하였다. 그러자 박생은 다음 글을 외어 갔다.

"거동대저융(擧動大抵戎)이라."

서울 양반이 그 글의 내용을 해석해 가다가 융(戎)자에 이르러 해석을 못하고 금세 말투를 바꾸어 이렇게 물었다.

"그 융 자는 어떤 뜻이오?"

"그 글자는 내가 일찍이 스님에게 『천자문』을 배웠는데 그 글자를 '되 융' 하길레 그것이 무슨 뜻이냐고 하였더니 되놈 곧 오랑캐라는 뜻이라고 하였시유. 그러니 그 뜻은 '거동이 대개 되놈들 같군' 하는 뜻이 되겠지유."

그러자 서울 양반이 깜짝 놀라 일어나 앉아서 박생의 손을 잡고 자세히 살펴

보았다.

"참으로 기가 막힐 노릇이오. 존(尊 : 처음에 불렀던 존칭)께서 이렇게 사람을 감쪽같이 속인단 말이오? 정말 나는 존의 계획에 발 끝에서 머리 끝까지 빠지고 말았소."

"아니어유. 나는 본래부터 어리석은 성품을 가졌시유."

"내 지금까지 돌아다니는 동안 이런 일을 여러 번 당하였지만 오늘같이 무참히 패배하긴 처음이오. 이게 바로 남을 이기기 좋아하는 자가 적수를 만난다는 교훈이 아니겠소?"

박생은 지금까지 서울 양반을 행차라고 부르다가 이번에는 반대로 어깨에 힘을 주며 자네라는 호칭으로 바꾸어 이렇게 대답하였다.

"서울의 사대부가 어찌 자네뿐이겠남? 내가 서울에서 여기까지 오는 동안에 그런 사람을 수없이 많이 보았기 때문에 그렇게 읊은 것인기여. 자네같이 후덕스럽고 도량이 큰 사람은 쉽게 찾아볼 수 없었구먼."

그러자 서울 양반이 이렇게 말했다.

"아니, 갑자기 행차는 어디 갔소?"

박생이 대답하였다.

"그럼 노도령은 어디 가고, 존이라는 사람이 어디서 나타났소?"

"노도령이라는 칭호가 듣고 싶소?"

"혼인 중매를 해준다고 하였으니 그 약속 잊지 마시오. 만일 그 약속을 저버리면 일구이언(一口二言)하는 거요. 나는 꼭 존의 집안에 장가들고 싶소."

서울 양반은 손바닥을 치며 크게 웃고 이렇게 말했다.

"우리 집안에 비록 아기씨가 있다고 한들 예 좌수나 모 별감도 하지 않으려는 혼인을 내가 어찌 한단 말이오."

그리고 이어서 눈을 흘겨보며 웃었다.

"존의 휼계(譎計)는 참으로 예측할 수가 없구려. 표준말을 잘하면서 일부러 사투리를 쓰고 진서를 알면서 모르는 체하였으니 존께서는 간사한 사람이라는 명칭을 면치 못할 거요."

"수리가 새를 잡을 때는 발톱을 감추고, 맹수가 뛰어갈 때는 목을 움츠리며, 훌륭한 장수가 적을 제압할 때는 강한 것을 숨기고 약한 것을 보이며 용맹함을 감추고 겁내는 모습을 보여 준다고 하지 않았소? 내가 당신을 처음 보았을 때 당신은 나를 업신여기는 뜻을 가졌고 나를 누르려는 기색을 띠었소. 그리하여 내가 당신의 그 미련스러운 뜻을 꺾으려면 어쩔 수 없이 내 발톱을 감추고 약한 모습을 보여야겠고, 또 당신의 그 교만한 기색을 버리게 하려면 내 목을 움츠려 겁내는 모습을 보여 주어야 했소. 이것은 병법에 있는 것인데 당신은 그것도 모르고 나를 간사한 사람으로 몰아붙인단 말이오? 옛날 양화(陽貨)가 계획적으로 공자를 불러 들이려고 하니 공자도 계획적으로 그에게 답을 하였고*, 묵자이지* 는 성의를 보이지 않았으므로 맹자는 병을 핑계삼아 찾아가지 않았는데 이런 것도 간사하다고 말할 수 있소?"

서울 양반이 대답하였다.

"당신의 말솜씨가 이렇게 좋은 줄은 몰랐소. 그래 당신이 아까 읊다가 만 나머지 풍월이나 들어 봅시다."

박생이 읊었다.

"범우인사대(凡于人事貸)하야 도시의관몽(都是衣冠夢)이로다."

서울 양반이 말했다.

"대(貸)자는 무슨 뜻이오?"

"아니, '대'의 뜻도 모르시오? '방귀를 뀌다'는 뜻도 되고 '물건을 꿔주다' 는 뜻도 되잖소? 그리고 '몽(夢)' 자는

*『논어(論語)』에 나오는 내용. 양화(陽貨)는 공자를 보고 싶어 하였으나 자신의 지위로 보아 먼저 볼 수가 없어서 공자가 집에 없는 틈을 타서 돼지고기를 선물로 주었다. 그러자 공자도 양화가 없는 틈을 타서 답례를 하고 돌아갔다.

*묵자이지(墨者夷之) 겸애(兼愛)학설을 주장한 묵적(墨翟)의 도를 믿는 이지(夷之)라는 사람.

'수식(修飾)한다'는 뜻의 '꾸민다'로 해석해 보시오."

"그렇다면 이 글을 풀이하면 '무릇 사람의 모양을 빌려서 옷과 갓으로 모두 꾸몄다.'는 뜻이군."

서울 양반은 또 자신의 옷을 보며 탄식하듯이 말했다.

"이거 참 창피한 일이요, 허수아비가 옷만 걸친 꼴이 되었으니."

박생도 자기의 옷을 들어 보이며 말했다.

"이렇게 남루한 옷을 입은 내가 창피하지. 당신이 입고 있는 가볍고 따뜻한 옷이 얼마나 좋소."

서울 양반이 말했다.

"당신은 공자의 제자 중유*가 입었다는 낡고 무거운 옷*을 부끄러워하고 자화(子華)가 입었던 가벼운 여우 가죽 옷을 좋다고 생각하는 모양이오. 그러나 나는 오늘 옷만 걸친 허수아비가 되어 버렸으니 이거 당해도 너무 당하였소."

그러고는 앞에서 읊었던 두 사람의 풍월들을 연하여 읊으며 말하였다

"한 자 한 자 따져 보아도 모두 내가 말한 뜻보다 낫소이다. 그런데 한 가지 압운(押韻)을 맞추지 않았소. 승구(承句 : 2째 구)의 끝 '융(戎)' 자는 평성(平聲 : 東韻)인데 결구(結句 : 4째 구)의 끝 '몽(夢 : 꿈이라는 뜻은 送韻임)' 자는 거성(去聲)이었소."

박생이 대답하였다.

"당신이 처음에 지었던 형식을 따르라고 하지 않았소? 그래서 나도 압운을 안 맞춘 것이요. 당신이 읊은 시의 승구의 끝 '조(條)' 자는 평성이 아니었고, 결구의 '소(沼)' 자는 거성이 아니었소? 가지 지(枝)와 못 지(池)를 압운으로 쓰지 않고 깊이 생각해 낸 것이 고작 그 두 자였소?"

중유(仲由) 춘추전국 시대 노나라(기원전 542-기원전 480년) 사람으로 자는 자로(子路) 또는 계로(季路). 효성과 용맹이 뛰어난 공자의 제자.

『논어』「자한편」에 나옴. 중유는 누추한 옷(縕袍)을 입고 여우 가죽 옷을 입은 자와 함께 있어도 부끄럽게 생각지 않았다고 함.

서울 양반이 말했다.

"과연 그렇소이다. 미처 생각지 못하였소."

그는 촛불을 다시 들고 박생의 얼굴 가까이 바짝 대고는 살펴본 뒤에 입을 크게 벌리고 웃었다.

"생각할수록 그 동안 한 이야기가 낱낱이 나를 가지고 놀았소이다. 그래서 나로 하여금 부끄러워 어쩔 줄 모르게 하였소. 그러나 달리 생각하면 어두운 밤이라서 꾀죄죄한 당신의 의관이며 상스러운 시골 사투리가 나를 유인하여 완전히 속게 하였지만 만일 백주대낮이었다면 이렇게 속지는 않았을 거요. 처음 내가 물었던 도척에 대한 답을 들었을 때 아무래도 이상하다고 생각하였지만 끝내 당신의 정체를 간파하지 못하였던 것이 아쉽소이다."

박생이 말했다.

"그것이 뭔가 이상한 색깔이 조금 나타날 때였소?"

서울 양반이 말했다.

"우리 기왕에 서로 친한 사이가 되었으니 성명이나 주고받아서 뒷날 잊지나 않도록 하는 것이 어떻겠소?"

"나같은 시골내기가 알량한 성명을 먼저 말하기가 쑥스럽소이다. 먼저 일러 주시오."

서울 양반이 말을 하려다가 갑자기 하려던 말을 바꾸었다.

"우리가 이렇게 타향 객지의 나그네로 서로 만나서 뒷날을 기약하여 무엇하겠소?"

박생이 두세 번 그의 성명을 물어도 그는 끝내 이름은 밝히지 않고 그냥 자기의 집이 호현동에서 멀지 않다고만 하였다. 아마 박생에게 창피를 당하여 그 소문이 여러 사람에게 나는 것을 꺼렸기 때문인 듯했다. 만일 그가 처음 물었을 때 박생이 자기의 성명을 알려 주었더라면 그도 틀림없이 자기의 성명을 알려 주었을 터인데 박생이 사양하는 바람에 그는 아마 또 박생의 계획에 말려 들까 봐 두려워했는지도 모른다.

서울 양반은 웃으면서 말했다.

"당신이 처음부터 계획적으로 나를 속이려고 하였으니 내 아무리 총명하다고 한들 속지 않을 수 있었겠소?"

"내가 처음 봉당에 들어가서 절을 했을 때 당신은 누워서 답례도 않았으니 이는 무슨 인사였소? 내 비록 시골내기이기는 하나 그래도 검은 갓에 도포를 입었거늘 서울 사대부께서 답배(答拜)하는 예도 아니하였으니 이게 바로 당신이 나에게 창피를 당하게 된 동기였소."

서울 양반이 손을 저으며 말했다.

"우리 이제 그 이야기는 더 이상 하지 맙시다. 생각할수록 부끄러워 몸둘 바를 모르겠소이다."

그리고 그는 자기의 종을 불러서 술을 가져 오라고 하였다. 술상에는 술병과 앵무새가 새겨진 놋쇠 잔이 나왔다. 서로 술 석 잔씩을 마시고 안주로 전복을 씹은 뒤에 서울 양반이 말했다.

"내 이제 당신이 문장가인 줄 알았으니 우리 진서 풍월을 한번 하여 봅시다."

그러고는 먼저 절구 한 수를 입으로 읊었다.

"촉나라에서는 한씨의 성을 위씨로 바꾼 줄을 몰랐는데*"

〔촉주불식한위위(蜀州不識韓爲韋)〕

위나라 사신이 어찌 범수*가 장록인 줄 알았으리

> 한(漢)나라는 당시 천하 통일을 한 뒤에 공신들을 차례로 제거하였다. 일등 공신인 한신(韓信)을 역적으로 몰아 죽이고 그의 가족을 몰살시키려고 하자, 역시 일등 공신인 소하(蕭何)가 한신의 아들을 위(韋)씨로 바꾸어 숨어 살게 하였다.

> 범수(范雎) 춘추전국 시대 위나라 사람. 유세객(遊說客)으로 벼슬길에 나가려고 하였으나 집이 가난하여 가수(賈須)라는 사람 밑에서 임시로 막噈 노릇을 하였다. 그러다가 위나라에서 제나라의 첩자로 몰려 갈비뼈가 부러진 채 죽을 뻔했다가 요행히 살아나서 진(秦)나라로 도망가 장록(張祿)이라는 이름으로 바꾸고 뒷날 출세하여 정승까지 역임하였다. 그러나 위나라에서는 그가 범수인 줄을 몰랐다.

〔위사안지범시장(魏使安知范是張)〕
예로부터 훌륭한 현인들도 많은 속임을 당하였으니
〔자고명현다견매(自古名賢多見賣)〕
오늘 내가 당신에게 업신여김을 당했음을 빈정대지 말게
〔막치금일수군망(莫嗤今日受君罔)〕"
박생은 처음에 조금 사양하는 체하다가 못 이기는 듯이 화답시를 읊었다.
"그 옛날 굶주렸던 전횡*의 종자들은 제왕의 명예를 온전하게 살렸고
〔유래아예전제왕(由來餓隷全齊王)〕
집이 가난하여 남에게 품을 팔던 진섭*은 마침내 초왕이 되었네
〔필경용경대초장(畢竟傭耕大楚張)〕
부자고 귀하다고 가난한 선비 가벼이 보지 말게
〔휴장부귀경한사(休將富貴輕寒士)〕
일찍이 글 잘하는 사람은 남에게 업신여김을 당하지 않은 자 없는 걸
〔미유소인불견망(未有騷人不見罔)〕."
서울 양반이 말했다.
"참 잘하였소. 우리 지금부터 연구(聯句 : 한 구절씩 교대로 지음)로 합시다."
"그렇게 합시다."
박생이 대답하고 먼저 앞 구절을 읊었다.
"여관에서 서로 만나 여관에서 헤어지니
〔역려상봉역려별(逆旅相逢逆旅別)〕"
서울 양반이 받고 또 다음 앞 짝을 불렀다.
"친구의 마음 친구가 알아주네
〔고인심사고인지(故人心事故人知)〕

전횡(田橫) 진(秦)나라 말기의 제나라(?~기원전 202년)사람. 제왕(齊王)의 친척으로 한신이 제나라를 멸망시키자, 스스로 제왕의 지위에 올라 제나라의 왕통을 이은 뒤에 자신을 따르는 500명의 종자들을 데리고 섬으로 도망갔다. 그러나 먹을 것이 없어서 모두 굶고 있었다. 그러자 한고조가 사람을 시켜 그에게 항복을 요구하자 한고조를 섬길 수 없다며 스스로 목숨을 끊었다. 그러자 나머지 종자 500명도 그를 따라 모두 자살하여 그의 제왕으로서의 명예를 온전하게 했다.

진섭(陳涉) 어릴 때 가난하여 품팔이로 남의 밭을 갈았으나 뒷날 진나라에 대항하여 스스로 군대를 일으켜 초왕이 됨.

언젠가 오늘밤 이 여관이 기억나는 게 있다면

〔타시당억금소점(他時倘憶今宵店)〕"

이번에는 박생이 뒤를 맞추었다.

"밝은 달이 분명히 여기를 비추고 있었다는 것이네

〔명월분명조재자(明月分明照在玆)〕."

서울 양반이 말하였다.

"우리 이번에는 오운*으로 된 율시(律詩)를 한 수씩 만듭시다."

그러고는 자신이 먼저 한 수를 읊었다.

"오래된 여관 근처에 잘새(宿鳥)가 날아드는 어둘 녘에

〔숙조초비고원변(宿鳥初飛高院邊)〕

우연히 일산을 기울여* 만난 것은 곧 아름다운 인연인 걸

〔우연경개즉가연(偶然傾盖卽佳緣)〕.

남쪽 지방의 숨은 선비*는 보배가 박힌 구슬인데

〔남주유일진장박(南州遺逸珍藏璞)〕

우리 나라 서울에서 온 못난 사람*은 대통으로 하늘을 보았었네

〔동낙소용관견천(東洛疎慵管見天)〕

버드나무를 뚫고 날아다니는 누른 꾀꼬리는 봄이 늦은 뒤이고

〔천류황앵춘모후(穿柳黃鶯春暮後)〕

술잔에 찬 맛있는 술은 달이 밝기 전부터였지

〔영준록의월명전(盈樽綠蟻月明前)〕

시로 써서 남겨 놓은 문장, 뒷날 언제나 다시 볼 수 있는데

오운(五韻): 칠언이나 오언 율시 8줄 중에 1, 2, 4, 6, 8줄의 끝자를 같은 운통으로 압운(押韻)을 하는 것.

경개(傾盖): 옛날 사람은 수레 위에 일산을 꽂고 다니다가 반가운 사람을 만나면 일산을 기울여 같이 해를 가렸다.

유일(遺逸): 벼슬하지 않고 숨어 사는 훌륭한 선비. 옛날에는 이런 사람을 찾아내어 특별히 벼슬을 주기도 함.

소용(疎慵): 용렬하고 못난 사람이라는 뜻.

〔편장유작타시면(篇章留作他時面)〕

우리 서로 만나 성명까지 전할 필요야 있겠는가?

〔불필상봉성명전(不必相逢姓名傳)〕"

박생도 화답하는 시를 썼다.

"맑은 바람 밝은 달에 감흥이 끝없는데

〔청풍명월흥무변(淸風明月興無邊)〕

이곳에서 서로 만난 것은 인연이라 믿고 싶네

〔차지상봉신유연(此地相逢信有緣)〕

기쁘고 슬픈 것을, 그대는 모두 술로 달래지만

〔우락군능도부주(憂樂君能都付酒)〕

못 살고 잘 사는 것을 나는 모두 하늘 뜻에 따르려네

〔궁통오자일청천(窮通吾自一聽天)〕

황금 같은 약속을 주고받는 것은 친한 친구가 된 후이고

〔황금연락지음후(黃今然諾知音後)〕

청죽의 역사에 새길 공명, 늙기 전에 해야 할 일이지.

〔청죽공명불로전(靑竹功名不老前)〕

지금 아이들을 시켜 사마광 같은 역사가를 칭송하듯 한다면

〔직견아동사마송(直遣兒童司馬誦)〕

오늘 우리 두 사람을 다 후세에 전하게 한들 안 될 것이 있겠나

〔하혐금일양상전(何嫌今日兩相傳)〕."

지금까지 서울 양반은 시제(詩題)가 나오기가 무섭게 마치 오래 전에 지어 놓은 작품을 읊는 것 같은데, 박생은 한참 동안 깊이 시상을 짜야만 했다. 서울 양반이 재촉했다.

"시를 짓는 데 왜 그리 깊이 생각하시오?"

박생이 어쩔 수 없이 그 물음에 대한 답 대신 이번에는 먼저 여섯 자짜리 절구를 한 편 먼저 읊었다.

"푸른 가로수 늘어진 서울은 그대가 사는 곳이고
〔진경록수군주(秦京綠樹君主)〕,
호수와 푸른 산이 있는 곳은 내가 사는 집이지
〔호해청산아가(湖海靑山我家)〕
술에 취해 미친 듯이 부르는 노래 호탕한데
〔대취광가호호(大醉狂歌浩浩)〕
앞 길이 아득한 속물은 바로 누구란 말인가?
〔망망속물수하(茫茫俗物誰何)〕"

서울 양반이 그 시를 읊는 것이 끝나기가 무섭게 이렇게 화답하였다.

"좋은 밤 밝은 달은 천리 먼 곳을 비추고
〔양소명월천리(良宵明月千里)〕
아름다운 경치 복숭아꽃은 일만 집에 피었네
〔미경도화만가(美景桃花萬家)〕
술동이 앞에 놓고 문장에 대한 이야기가 다 끝나지 않았는데
〔준주논문미이(樽酒論文未已)〕
내일 아침 이별해야 하는 뜻 어떻게 설명할까?
〔명조별의여하(明朝別意如何)〕"

―압운(押韻)은 가〔家 : 마(麻)韻〕·하〔何 : 가(歌)韻〕임.

이번에는 박생이 요청하였다.

"우리 이번에는 삼언(三言)과 오언(五言)과 칠언(七言)을 순서대로 섞어서 해 보십시다."

그러고는 박생이 먼저 읊었다.

"손에 잔을 들고 입으로 시를 읊는데

〔수정치(手停巵), 구영시(口詠詩)〕

꽃잎은 바람에 흩날리는 눈 같고, 버들가지는 비온 뒤의 실처럼 흔들린다

〔화반풍전설(花返風前雪)〕, 류요우후사(柳搖雨後絲)〕

요로원 여관에서 요로(要路: 중요한 지위)에 있는 나그네를 만났다가, 낙양(洛陽)인 서울 사람과 해질 무렵〔落陽時〕 헤어지네

〔요로원봉요로객(要路院逢要路客), 낙양인거낙양시(洛陽人去落陽時)〕."

이번에는 서울 양반이 잇달아 화답하였다.

"그대는 술잔 비우고 내 시를 들어보게

〔진군치(停君巵), 청아시(聽我詩)〕,

오늘의 고운 얼굴 내일 아침이면 귀밑머리 실같이 희어진다네

〔금일안여옥(今日顔如玉), 명조빈여사(明朝鬢如絲)〕

빠르게 흐르는 세월에 인간은 참으로 지나가는 나그네, 애오라지 즐겁게 노는 일* 소년 때 하세나

〔숙홀광음진과객(倏忽光陰眞過客), 야유수급소년시(冶遊須及少年時)〕."

―압운은 지(支)운임.

박생이 그 시를 들은 뒤에 이렇게 말했다.

"당신은 틀림없이 서울에서도 훌륭한 재주꾼이고 소년 시객(詩客)이구려. 화려한 문장 곳곳에 재주가 번득이고 있소이다. 나는 사(詞)와 부(賦)로서 과거에 응시하였지마는 시(詩)만은 능통하지 못하여 늘 여름에만 사는 벌레가 겨울에 나는 얼음을 이야기하는 듯하니 아무리 시를 잘 지으려고 하나 시어가 조잡하고 운율이 졸렬하여 늘 썼던 종이를 뭉쳐 병뚜껑이나 만들고 했소이다. 그러니 사람들이 읊게

야유(冶遊) 기생을 데리고 즐겁게 논다는 뜻. 당(唐)나라 이상은(李商隱)의 시에 나옴.

할 만한 시를 한 번도 지어보지 못했소이다."

　서울 양반이 대답하였다.

　"당신은 너무 겸손하게 말하시는구려. 나도 어릴 때부터 시를 배웠지만 재주와 생각이 모자라서 사람들을 놀라게 할 만한 시를 지어보지 못했소. 그러나 대단히 서툴지는 않았고 또 기교가 있든 없든 간에 누구라도 나를 시로써 이기려고 한다면 비록 일곱 걸음 만에 시를 지었다던 옛날 조조의 아들 조식(曹植 : 자는 자건(子建)) 같은 문장가에게도 항복하는 깃발을 꽂으려고 하진 않았소. 그런데 당신은 그 삼언, 오언, 칠언의 시를 가지고 나를 누르려고* 하였소?"

　박생이 말했다.

　"참으로 당신은 문장 짓기를, 물을 손으로 뒤집듯이 쉽게 하시는구려. 처음부터 별로 생각을 하지 않는 것 같소이다."

　"그럼 우리 연구(聯句)로 절구 한 수를 지어 봅시다."

　서울 양반이 이렇게 대답하고 먼저 기구(起句)를 읊었다.

　　"전에는 어둠 때문에 어쩔 수 없이 그대의 계획에 빠졌지.

　　〔전호혼흑타군모(前胡昏黑墮君謀)〕."

　박생이 승구(承句)와 전구(轉句)를 받았다.

　　"원대한 경지는 진실로 얕은 소견으로는 알 수 없다네.

　　〔원지성비천견구(遠志誠非淺見求)〕,

　　크게 곤궁한 처지는 예로부터 지혜를 보태는 데 필요하니.

　　〔대곤종래수익지(大困終來須益智)〕."

　서울 양반이 결구(結句)를 이었다.

> 압도원백(壓倒元白) 원진(元稹)과 백거이(白居易)의 문장을 눌렀다는 뜻. 당나라 재상 양사복(楊嗣復)이 잔치를 열었는데 당시의 문장가인 원진과 백거이도 참석하여 축하하는 시문을 썼다. 그때 형부시랑으로 있던 양여사(楊汝士)가 마지막에 참석하여 시를 썼는데, 원진과 백거이도 그의 시를 놀라워하였다. 그러자 그는 술에 취하여 집으로 돌아와서 아들들을 모아 놓고 "내가 오늘 시를 써서서 원백을 압도하였다."고 하였다. 그 뒤로 시문이 훌륭하다는 뜻으로 압도원백이라고 말한다.

백십팔

"또한 마땅히 돌아가서 음부경*이나 읽어보려네
〔차당귀거독음부(且當歸去讀陰符)〕."

―압운은 구〔求：우(尤)韻〕·부〔符：우(虞)韻〕임.

박생이 말했다.

"잘 되었습니다만 이 또한 평범한 것이니, 우리 다시 연구로 하되 기구의 머리 글자는 나무 목(木) 부의 글자를 쓰고 끝 글자는 흙 토(土) 부의 글자를 쓸 것이며, 또 결구의 첫 글자는 물 수(水) 부의 글자를, 끝 글자는 불 화(火) 부의 글자를 쓰되 전구와 결구 사이에 쇠 금(金) 부의 글자를 써서 수·화·금·목·토 오행(五行) 시를 써 보는 게 어떻겠소?"

서울 양반이 웃으며 혼자말처럼 중얼거렸다.

"그게 그리 쉽지 않을 게야, 쉽지 않고 말고. 그러나 당신이 먼저 시작한다면 나라고 가만히 앉아 있을 수야 없지."

박생이 기구를 먼저 읊었다.

"정처없이 떠도는 우리들의 행적(萍蹤梗跡의 준말)은 어디에 와 있는가?
〔경종하처지(梗蹤何處至)〕"

―첫자 경(梗)은 木+更, 끝자 지(至)는 土가 포함된 글자, 至+土임.

서울 양반이 승구와 전구를 이었다.

"꽃과 달에 싸여 있는 빈 마루일세
〔화월폐허당(花月蔽虛堂)〕

흘러내린 달 그림자 금 술잔에 비치니
〔유영금존조(流影金尊照)〕"

―첫자 유(流)는 水+梳-木), 가운데 자는 바로 금(金) 자, 끝

* 음부경(陰符經) 도가(道家)나 병가(兵家)의 책. 지금 전하는 책은 황제찬(舊題黃帝撰)으로 되어 있는데 태공(太公), 범여(范蠡), 귀곡자(鬼谷子) 장량(張良) 제갈량(諸葛亮) 이전(李筌) 여섯 사람이 주(注)한 책이 있다.

자 조(照)는 火+昭임.

박생이 결구를 맺었다.

"맑은 술과 함께 흰 달빛도 마시네
〔형연음백광(瀅然飮白光)〕."

—첫자 형(瀅)은 水+瑩, 끝자 광(光)은 火+凡이 본자(本字)임.

시 짓기가 끝나자 서울 손님이 혀를 내두르며 감탄하였다.

"당신도 참으로 쉽게 얻을 수 없는 재주를 가졌소. 그래 과거 시험에는 붙었소이까?"

"아니오, 어디 그게 그리 쉽습디까? 일찍이 감시*에 두 번 장원하고 동당*에도 세 번 올랐지만 회시*에 가서 번번이 떨어졌소. 그래서 나는 시골에서 치르는 시험은 쉽지만 서울에서 치르는 시험이 어렵다는 것을 알았소."

서울 양반이 크게 한숨 지으며 말했다.

"참으로 안타까운 일이오. 당신 같은 문장으로 아직까지 과거에 급제하지 못할 수 있단 말이오?"

"내가 모자라 그렇지, 만일 참으로 문장이 훌륭하다면 과거에 못 올라갔을 리가 있겠소이까?"

"그래서 그런 게 아니라오. 과거가 불공평한 것이 오늘날보다 더한 때가 없었소. 문벌 좋은 집안의 자식들은 이제 겨우 글 공부를 시작하는 어린 것들도 모두 과거에 올랐지마는 시골에 사는 선비들은 머리가 희도록 배운 훌륭한 문장가도 늘 과거에 떨어진다오. 만일 과거 시험이 공평하다면 당신 역시 그냥 과거나 보러 다녀야 하는 모자라는 문장이 아니오. 대과(大科)는 비록 인력으로 얻기 어렵다고 하더라도 소과(小科)도 못할 리가 있단 말이오?"

> 감시(監試) 생원이나 진사 시험. 여기서는 지방 감영에서 치르는 초시인 듯함.
> 동당(東堂) 식년과 증광시에 경서를 강하여 뽑는 시험. 여기서는 지방 관아의 동헌에서 치르는 초시인 듯함.
> 회시(會試) 중앙과 지방에서 초시에 합격한 자를 서울에 모아 제2차로 치르는 시험.

"소과는 이미 했소이다."

"그렇다면 당신은 분명히 정사과*에 합격했구려. 정사년 과거에는 시골 사람들이 많이 합격하였었소. 지난 갑인년(영조 10년 아니면 60년 전인 현종 11년. 1674년) 이래로 과거 제도가 불공정하기 이루 헤아릴 수가 없이 되었다오. 곧 중요한 지위에 있는 집 자식들은 문장을 잘하든 못하든 간에 벌써 열 대여섯 살 이상만 되면 두어 번 감시를 보아 합격하기 때문에 한 사람도 유학(幼學 : 벼슬하지 않은 선비)이 없소이다. 그런데 정사년에는 문벌이 좋은 집안 자식들이 과거에 응시한 자가 적어서 몇 사람이 초시*에는 합격하였지만 회시에는 모두 다 떨어졌지요."

박생이 말했다.

"내가 과연 그 과거에 참방(參榜 : 합격자에 낌)하였소. 오늘날 과거의 폐단에 대해서 대강 듣기는 하였지만 원체 먼 시골에 있기 때문에 그와 같이 심한 줄은 몰랐소이다. 내가 참방한 그 과거에 서울 사람이 적고 시골 사람이 많이 된 것은 참으로 한심한 일이었구려. 그래 당신은 과거에 붙었겠지요?"*

"겨우 얻어 했소이다."

"어느 해 과거였소?"

"임금님 즉위하시던 해의 증광시*였소."

박생이 웃으며 말했다.

"당신도 문벌이 높은 집안의 자손이구려. 정사년 전에 참방한 것을 보니 말이오. 그러고도 과거의 폐단을 비판하는 것을 보니 마치 함께 목욕탕에 들어가서 남이 옷 벗은 것을 비웃는 것 같구려. 하기야 당신이 참방하기 전이라고 문벌이 낮은 사람

정사과(丁巳科) 이 글의 시작이 영조 14년으로 되어 있으니 정사년이라면 바로 전해인 영조 13년이다. 그러나 정사년은 식년이 아니므로 과거 시험이 있을 수 없다.

초시(初試) 모든 과거의 맨 처음 시험으로 식년시(式年試 : 자·오·묘·유년)에 치르는 시험 전에 가을에 지방과 서울에서 치르는 시험. 곧 과거 예비 시험.

이 글에는 서울 손님에게 묻는 말이 빠졌는데 다른 필사본에는 "그래 당신은 연과(蓮科)를 얻었겠지요?" 하는 말이 있음.

증광시(增廣試) 나라에 경사가 있을 때 기념으로 치르는 과거.

중에 한 사람도 참방을 못했을라구."

서울 양반이 웃으며 말했다.

"당신의 말은 참으로 익살스럽소이다. 그러나 다리를 벌리고 앉은 자세로 예절을 배우는 사람이라고 그렇게 벌리고 앉은 자세가 예절에 맞지 않는다는 사실을 모를 리 없을 것이며, 기공*의 상복을 입고 경쾌한 음악을 듣는다고 그 음악을 듣는 것이 잘못되었음을 모를 리 있겠소? 그런 행동을 해서는 안 될 것도 알고, 그것이 옳지 못하다는 것도 아는 것이 오늘날 사람들이라오."

그러고는 서울 양반이 다시 물었다.

"당신은 사내 아이가 있소?"

"겨우 예닐곱 살 된 형제가 있소이다."

"글도 배우고, 숫자와 방위도 가르쳤소?"

"숫자는 가르쳐 주지만 방위는 가르치기 싫소이다."

"『소학(小學)』「입교편(入敎篇)」에 방위를 가르치라고 되어 있는데 왜 가르치지 않았단 말이오. 이 세상에 사는 사람은 동서남북의 방향을 분명히 알아야 하지 않소?"

"안 가르쳐도 아이들이 그 동서남북의 당파에 물들어 버리는데 무엇 때문에 가르치기까지 할 필요가 있겠소이까?"

서울 양반이 씁쓸히 웃으며 말했다.

"옛날 당(唐)나라 문종이 당파를 제거하기 어려움을 실감하고 그 붕당들을 하북적(河北賊)이라고까지 비유하였소. 만일 오늘날 이 나라 사람들이 모두 당신처럼 자기 자식을 가르친다면 당파를 제거하기가 어렵지 않을 거요."

그리고 이어서 또 말했다.

"당파의 고질병이 온 세상에 만연되어 있으니 새삼스레 말할 필

기공(期功) 상복(喪服)의 종류. 기복(期服)은 1년복. 공복(功服)은 대공(大功)과 소공(小功)으로 나누어 9개월과 5개월을 입는다.

요가 있겠는가마는 옛날 우이당*이 득세할 때 한퇴지〔韓退之 : 본명은 유(愈)〕는 무슨 수로 그들의 당에 끼이지 않았는지 모를 일이요. 그러나 원우년간(송나라 철종 때)에 낙촉*이 당파를 갈라서 서로 배척하고 헐뜯을 때 정이(程頤) 같은 이는 위대한 현인인데도 불구하고 당파의 우두머리로 지목을 받았으니 이는 무엇 때문인지 모르겠소. 한퇴지 같은 이는 비록 한 시대의 뛰어난 선비이긴 하지만 그 분의 도덕과 학문은 정이천(程伊川 : 程頤의 호) 선생에 비하여 한참 뒤지는데도 퇴지는 당파에 물들지 않고 정이천은 당파의 우두머리로 지목받은 것을 나는 이상히 생각하는 바이오. 그러나 그 지목은 그 분의 문인들이 그렇게 한 것이라고 생각되오. 가주* 같은 사람들은 모두 훌륭한 군자들인데도 오히려 당파의 지목을 면하지 못했다고 하니, 당파에 치우친 결과 사람을 망치는 경우가 이렇게 심하지요. 또한 오늘날의 당파로 세력을 떨치는 청론(淸論), 탁론(濁論)에 대해서는 어떻게 생각하시오?”

박생이 대답했다.

“나는 시골에 묻혀 사는 사람이라 세상 돌아가는 일을 잘 모르니 어떻게 거기에 대하여 논평을 하겠소? 그러나 얕은 소견으로 말한다면 탁론은 그 글자가 뜻하듯 탁할 탁(濁)자로 이름을 얻었으니 틀림없이 권세에 아부하는 사람들이 모였을 것이고, 청론이라는 이름을 가진 자들은 맑을 청(淸) 자로 이름을 얻었으니 필경 명예와 지조를 중시할 것이오. 그런 관계로 청론을 주장하는 자들은 물리치기가 쉽지만 탁론을 주장하는 자들은 제거하기 어려울 듯하오. 따라서 청론의 무리들은 탁론에게 배척당할 것이오. 그렇다면 물리치기 쉬운 자들은 허물에 물드는 것이 그리

우이당(牛李黨) 당나라 목종에서 문종까지 우승유(牛僧孺)와 이종민(李宗閔)이 서로 결속하여 당파를 만들어 이길보(李吉甫) 등과 대립하였음.

낙촉삼당(洛蜀三黨) 송나라 철종 때 정이(程頤)를 영수로 한 낙당과 소식(蘇軾)을 중심으로 한 촉당과 유지(劉摯)를 중심으로 한 삭당(朔黨)이 있었음.

가주(賈朱) 가씨 성 가진 이와 주씨 성 가진 이로 당파에 휘말린 것으로 추정됨.

깊지 못하겠지만 제거하기 어려운 자들은 죽음을 당해야 그만둘 것이니 이로 보면 탁론이 끼치는 피해는 헤아릴 수가 없을 게요."

서울 양반이 화제를 바꾸었다.

"그 말이 맞소. 돌아가는 이치가 그러하오."

그리고 말을 이었다.

"당신의 시골 생활은 매우 어려운가 보외다. 해어진 옷에 여윈 말을 타고 다니는 것을 보니 말이오.

"옛날 양자운〔楊子雲 : 본명은 웅(雄)〕은 가난을 쫓아도 다시 왔고, 한퇴지는 궁한 생활이 싫어서 그것을 쫓아 버리는 글인 송궁문(送窮文)을 썼지만 그 궁핍한 생활이 다시 찾아왔소이다."

서울 양반이 웃었다.

"당신은 빈궁이라는 두 가지 뜻을 이와 같이 잘 변론하니 마치 키워서 빈천한 생활을 하려는 사람 같소이다."

두 사람은 이야기를 끝낸 뒤 베개를 베고 잠시 잠이 들었는데 어느새 새벽닭 소리가 잦아지며 여관의 창문이 밝아졌다. 종들이 와서 떠날 준비가 다 되었다고 알려 주자 두 사람은 서로 읍(揖)으로 작별 인사를 끝낸 뒤에 각자 말을 타고 한 사람은 북쪽으로, 또 한 사람은 서쪽으로 떠나니 마치 물고기와 나는 새가 서로 멀어지듯 아득하게 멀어져 갔다. 그러니 전날 밤 두 사람이 수작한 내용들은 참으로 한바탕 꾸었던 꿈속의 세상이 되고 말았다.